汉上风日长

刘谷 著

中国言实出版社

图书在版编目(CIP)数据

汉上风日长 / 刘谷著 . -- 北京 : 中国言实出版社，
2022.6

ISBN 978-7-5171-4187-7

Ⅰ.①汉… Ⅱ.①刘… Ⅲ.①散文集－中国－当代
Ⅳ.①I267

中国版本图书馆 CIP 数据核字 (2022) 第 097127 号

汉上风日长

责任编辑：史会美
责任校对：王建玲

出版发行：中国言实出版社

   地 址：北京市朝阳区北苑路180号加利大厦5号楼105室

   邮 编：100101
   编辑部：北京市海淀区花园路6号院B座6层
   邮 编：100088
   电 话：010-64924853（总编室） 010-64924716（发行部）
   网 址：www.zgyscbs.cn 电子邮箱：zgyscbs@263.net

经 销：新华书店
印 刷：成都市兴雅致印务有限责任公司
版 次：2023年1月第1版 2023年1月第1次印刷
规 格：880毫米×1230毫米 1/32 7.5印张
字 数：175千字

定 价：78.00元
书 号：ISBN 978-7-5171-4187-7

自序

我是襄阳人。

也不算是真正的襄阳人，因为我的祖上是从陕西迁来谋营生的。我从上海、到南京、过武汉，顺着汉水，又走了随州、襄阳、安康、汉中好几个地方，感觉真是一方水土养一方人，还是襄阳有家的味道。在汉上，游走多了，那江边一抹山岗，似乎总有父母的影子，让人安心。不禁会诵读：襄阳好风日，留醉与山翁。

人生，说巧就巧。我父亲的祖上是从江西迁应城，溯江北上，落户襄阳仙人渡范营村。母亲的老辈子也是从陕西南下，落户襄阳仙人渡刘营村。村挨村，地连地。后来，迁居到樊城太平店。要按历史上说，一个是秦国人，一个是楚国人，竟结为一家。

小的时候，爱记一些日记。东拉西扯，算不上文章。就是读了鲁迅的《三味书屋》《社戏》，也没有上心。

陆陆续续写一些文字，是有一个机缘。

那时，我在市政府办公室工作，到乡下做"百岁老人调查"。与冉从安到仙人渡，在汉江边，看望一位九十九岁的老翁。老翁的庭院颇大，楼高三层，外带一庭小院，鸟语花香。天寒地冻，他却寄居在庭院门楼里。颤巍巍的，着一身粗布衫，胡子头发都白了，手抖着劈柴。见到我们，他一肚子苦水：儿子癌症死了，儿媳妇给女儿照料孩子。孙子不养他，把他从楼房里赶出来了。又说：八个月死了娘，八十岁死了儿，孤苦无依。见此情景，我和老冉从衣兜里掏出几百块钱，让老人买东西。这算不了什么，老翁却千恩万谢。

"老吾老以及人之老，幼吾幼以及人之幼。"路直了，树绿了，村美了，荷包鼓了，人情却淡了。

笔下乾坤大，书中日月长。我该从政府机关出来，做一些写写画画的工作，于是，交往了一些文朋诗友。"喜欢诗，不是什么唐诗宋词，而是夏明翰、恽代英、吉鸿昌等先辈的就义诗，给我留下了无穷的震撼，是我创作的基因。"这是我见到彭泉瀚，他说的第一句话。我对他说："四十年啦，你可以回到家乡，回到武汉。"他是三线建设到鄂西北来的，还是那句口头禅："哪里黄土不埋人，男人脚下是故乡。"

记得一次在丹渠采访，我看到墙上写着一句话，"平凡铸就伟大，英雄来自人民"，深受触动。如果人人丰衣足食，家财万贯，谁要去当英雄？

1972年7月1日上午八点半，为了引丹水上山，洞内，一千多民兵，风钻打眼，人工清淤，板车出渣，车叫人喧。洞外，狂风席卷着大雨，无情地抽打着大地。一个小时，暴雨变成河，山洪像一匹野马，冲向丹渠的各个隧洞。一场严重的灾难发生了！碎石下落，岩水漫灌。刁秀枝喊："我走了，万一来电话怎么办？我不走！"她仍镇定地给指挥部报告洞内情况。"呼叫！呼叫！呼叫指挥部！"陈广智、陈德安、魏家祥得救了。瞬间，洪水淹没了习秀枝。

人们丢却了性命为什么呢？

欧阳修说，汉上的人"朴实尚忠"。为了过上好日子，我觉得他们是勤劳朴实，坚忍不拔。去陕南，我就想知道，吃着汉江水的人，是什么一个性格。我对秦巴山水充满迷幻的期待，似乎能遇见三五山民腰挂弯刀，披荆斩棘，扑住一只偷吃耕牛的饿虎，将它降伏。因为与天斗与地斗与虎斗，山民们要生存。然后，男人女人，老的少的吹着巫音，跳着端公舞，祈求上苍的保佑。到汉台，听他们的声音，气息有力，是温顺的，又是坚毅的。不光汉中人，或许全中国的汉人，也像那一位作家一样，看似文弱，实则有隐忍的秉性，犹如东流的汉江，藏是藏不住的。

生活不易，人们要生存。宋徽宗年间，有一个叫张崳的参军，给家乡写诗《寄鄹里》："长江依旧循荒垒，零落遗民有几家；莫伐城边旧桃李，为怜曾发乱前花。"说的就是长江这边受灾很重，荒无人烟，有饭吃的没几家，家乡的桃树和李树可别伐了，它能养活一家人。我们要懂得珍惜。在桃花浔，你无法让落花回到枝头；也无法让飞蛾再次藏入蛹中。我欣赏这种遗憾的美，它让我们对世间的万事万物，懂得珍惜。

是谁让我们丰家足食？多少次，我去鄂豫交界一个叫李河的村庄。在曾经的乡政府里，除去二十世纪六十年代的桌子板凳，还看到一副匾联：惟读书可以使人敬，惟耕田可以求人。大公社时，不光吃饭，人们插秧时也爱唱。张三唱罢，李四接，李四未罢，王五一个泥巴砣子甩过来。歌声未歇，笑声不断，人们在大集体里感受温暖。

特别是这几年，疫情当前，多少人奔波一线。那按在白纸上，殷红的不仅仅是手印。那是父母的孩子，是孩子的父母，是恋人的挚爱，是伴侣的至亲。是即将燎原的星火，是大雪中怒放的红梅，是清晨的一抹朝霞，是一颗颗跳动而赤诚的心。让我们过上小康生活的，是这个时代，是众志成城。所以，人要知道感恩。《说苑·复恩》曰："知恩图报，善莫大焉。"

有个朋友说："时间都老了，你还这么年轻。"这个"你"是幸福的。因为在这条大江之上，有多少人在为生活奔波，在为幸福磨砺。像袁书堂、刁秀枝，以及多少无名英雄，他们甚至牺牲生命，改变人生，改变家乡的面貌。

或许，这就是出这本书的原因吧。

2022 年 1 月 18 日于友谊路日照楼

目 录

辑二 ▼

斯人斯事

辑三 ▼
吾乡吾土

此情
CI
QING
CI
JING

此景

陕南走笔

陕南在秦，襄阳在楚。

我对陕南的印象，就像清初王士祯所说的，"万垒云峰趋广汉，千帆秋水下襄樊"。十一月份，从襄阳古城小北门出发，第一次去陕南，想法没有像一位拾穗者朋友那样那么强烈。他为考察商帮谋生的艰辛，拓印会馆的碑刻，多次去陕南，甚至在旬阳黄州庙摔断了腰骨，一丁点儿不能动弹。没有办法，只好在旬阳病房里度过春节，滞留数月，方才躺着担架回到襄阳。他的爱人怨叹道："他这个人啦，肉身沉重，灵魂向西。"翻开一些历史书籍，刘邦的秣马厉兵，李隆基的江南漕运，陈纳德的飞虎相助，都离不开这条汉江。我与陕南人一样，血脉中流着汉江的水。或许，他们与我一样，北人南相，秦音吟哦。我想知道，吃着汉江水的人，是一个什么性格。甚至对秦巴山水充满迷幻的期待，似乎能遇见三五山民腰挂弯刀，披荆斩棘，扑住一只偷吃耕牛的饿虎，将它降伏。因为与天斗与地斗与虎斗，山民们要生存。然后，男人女人，老的少的吹着巫音，跳着端公舞，祈求上苍的保佑。

　　汽车驶过谷城，越过保康，穿过竹溪，大约两个多小时，就进入了秦巴的陕南。空泛的印象，便越来越清晰了。这个地方两山夹一盆，不南不北，既没有小桥流水，也没有黄土高坡。而是雾随山走，山势曲折，很少见得到水流。千余里的旅途，一山放来一山拦。或山如巨伞，一伞接一伞；或山如叠嶂，一山藏一山；或山如千仞，一关拦一关。山民的房屋，一律躲在山凹处，一律白墙黑瓦，一律山野清风。间或，有两三点人，也孤孤地撑在山坡上，抡着铁镐，撅着屁股，呼哧呼哧在石缝里刨土，刨着人生最后一点希望。我也听到，兵荒马乱的年月，冷集的妇人流落到石泉的故事。新中国成立后，一日，有襄阳的商人在石泉街上卖酒。这妇人已有七旬，硬是追了两里地，只为听到一句话，"我是襄阳的"。她在深山里，已有三十年没有听到湖北口音了。

　　现如今，国泰民安了。我想知道，陕南是什么样子。

一

　　深秋的傍晚，陕南的山色说变就变。

　　先前，你还会看着，山是绿染着黄，黄就着红。当指着明丽的天空说，它真蓝呀。转眼间，天幕就唰地降了下来，山变成了一条巨大的苍狗，对着天际射出的弱光狂叫。或许，由于陌生人的闯入，山紧张得一团漆黑。汽车拐过山脚，树梢一下子高大起来，河流也近了。要拦的河流，最终拦不住，反射出一道银灰色的光。

有人说："汉江，从山里流出来喽。"

也有人问："有灯光，这是进城了吗？"

河边，就是一座城，盆地中的城，叫汉中。在外人看来，田地充裕，他们吃喝不愁。走在街上，显得格外安静，安静得近乎斯文，这与叱咤疆场、横扫六国的秦人有些格格不入。试想一下，陕北的秦人，因喝着黄河的水，而高大威猛，性情强悍；陕南的秦人，喝着汉江的水，软声细语，性情文弱。你便感觉到，斯文是自然的事情。我们穿过一条小巷，往深处走，去找一家图书馆。或许是季节的缘故，巷子里少有灯光，也没有什么行人。唯有巷口的一个烟摊，才有些许人气。守摊的老汉兀自坐在那儿，盯着灰黑的街道。不管有没有人，他都不急不恼，翘着的嘴角充满笑意。恍若家里的妇人，已给他做好了剖膛的大肉。

去见一位作家，也是那么随性自由。他是汉中人，戴眼镜，留着艺术家的大披头，温文尔雅。写过不少小说、诗歌，拍过不少电影。他说，他喜欢秦岭的宁静与博大，喜欢汉台的沧桑与厚重。当知晓我们从襄阳来，一脸书生喜色。多少年来，他路过襄阳，却没有到过襄阳。又慢条斯理地说，襄阳是一座历史文化名城，多少次梦想，自己去触摸一下那古老的城墙。汉中与襄阳注定有缘，诸葛亮在襄阳躬耕垄亩，纵论天下。在汉中北伐曹魏，鞠躬尽瘁。作家是谦逊的。别人讲话，他总是颔首。尽管他是刘邦、张骞、蔡伦、褒姒的拥趸，还是为金庸笔下的襄阳击节赞叹。

受山势挤压，汉中的街市不大。城外，人们却执意地留出大片的土地，种水稻、玉米、小麦、油菜、烟叶，俗称"汉中粮仓"。山中，任由金丝猴、大熊猫、羚牛，满坡撒野，肆意地跳跃。有了粮食和山货，人们一路顺着褒斜古道，运往西安，一路顺水南下，载往襄阳，换取了山外的瓷器、丝绸、铁货和盐巴。于是，仪制令在汉中大行其道，"贱避贵，少避老，轻避重，去避来"。除了汉江航船，山区也有代步滑竿。上坡时，前呼：步步高！后应：脚踏稳！下坡时，前呼：遛遛坡！后答：慢慢梭！一唱一和，有韵有趣。

多年来，男人驾辕南船北马，女人独居绣楼顾家。有几个女人实在闲得无聊，就在公园的树荫下，摆一趟煎饼果子摊。无论哪一摊，一定有热米皮、菜豆腐、粉皮子。女人们头也不抬，一股脑在锅里炒哇炒，炒去山野的寂寞。她们知道，爷爷送孙女去上学，急着赶时间，一定要吃现煎的葱油饼。递过饼，爷爷走一步，孙女又回头，要一只油炸火腿。孙女满意了，爷爷也笑了。有游客问女人：

"大白鹅煎饼，有夹鹅肉吗？"

女人低头炒炒，继而抬头笑道："王命。"

游客迟疑了一下，明白了："网名吧。"

当客人听懂了女人的汉中口音，她十分得意："姑娘起的。"

吃过早餐，又去城东南，看古汉台。台高约一丈有余，是霸业之基。传说，是刘邦任汉王的宫廷遗址。高祖元年，刘邦在萧何的劝谏下，才就藩汉王。起初，刘邦不答应。萧何说，汉乃天汉，是天子的地望。遂允。是的，汉水是地望之水，它是大地的血脉，是大山的灵魂，滋润着万物，人类因此而生存。短短四个月，萧何留守，刘邦从大散关北上，重复关中。其实，西汉初，一直有修筑高台的惯例。大丈夫登高一呼，舍我其谁。除了南郑的古汉台，定陶有登基台，�城有高古台。正是因为刘邦建立了大汉王朝，汉台才成为历代官宦、文人墨客成就功名的精神图腾。

登上汉台，华丽的望江楼、桂荫堂、清晖亭，无不彰显着读书人的心思。我倒觉得一处"沅湘挹秀"碑，颇有意味。沅湘多虚竹，人要有一点谦卑之心，是应该的。再往后院，就是褒斜古道上的摩崖石刻。兜兜转转，你会感受到古人出散入秦的艰难。我一直疑惑，有甘肃天水的汉江，又何必凿此栈道？读着那一条条绝壁的栈道，仿佛能看见一个个倒在栈旁的工匠，《鄐君开通褒斜道》具有较高的史料价值。非要说，有帝王气魄，有文人情怀，《衮雪》不失为有气韵的石刻。

褒斜古道，人缝里，头挨着头，有人问："两千年前，这个褒斜石道是咋个凿上去的哟？"有人答："几十万人，一铲一铲凿的嘛。"听他们的声音，气息有力，是温顺的，又是坚毅的。不光汉中人，或许全中国的汉人，也像那位作家一样，看似文弱，实则有隐忍的秉性，犹如东流的汉江，藏是藏不住的。

二

溪流出深山，一块数丈高的山石上陡书，"汉江源头"。一飞冲天，天外来泉，有股"野"劲。这是宁强的汉水源。

山是自然的山。就是隧洞穿山而过，也保留着漫山遍野的红豆杉、银杏，让它们活成一个"千年老妖"。水是自然的水。沟壑纵横，石盛水，水托石。甘甜清冽，似乎捧出了大自然的一切精华。不远处，有一户人家，或许山中攀缘，野惯了，见了来人，也不搭理。那男人停稳自己的三轮车，先浇了几株花，又唤来他的狗，扔了一坨馍让狗吃，狗欢欢地摇着尾。山风吹来，洒过几幕细雨，屋前的几畦菜格外鲜嫩。一会儿，雨停了。山背后，雾升起来，雾连着云，云接着海。他只管喝着自己的茶。据说，四亿年前，这里是一片汪洋大海，山岩中，发现有珊瑚、三叶草化石。

顺着汉江往深处走，人们叫它马家河、赵家河。河套里，一半是水，一半是滩石。聪明的山民们依山顺势，修了房，架了桥，置了水车。有趣的人，植上几株柳树，拦上一道滚水坝，让它发出潺潺的水声。云汉桥连着两座青黛的山，山簇拥着黄澄澄的树，树里藏着雪白的房，水里又倒映天上绵延的云，这山岩树木房屋像洗过一般，清新自然。山里的鸡不怕人，撵着车啄吃的。有人给了面包，它才停了下来。

以山养山，以山养水。在箭竹岭，一个篾匠汉子坐在河边，着一把弯刀，黑着糙脸，咧嘴咬着黄黄的牙剖篾，窸窸窣窣地分出篾青和篾白。他是要编筲箕，拿到景区集市上去卖。他说，土地都流转成茶场，不想再受那皮肉之苦了，也养了猪，年底杀了熏腊肉。这汉子剖着剖着，又丢下篾刀，钻进屋子里。他喊：

"同志，天寒了。进屋来，烤会儿火。"

一大早，他就码出一个四四方方的灰池，架着砍下的枯树在烧。火盆往屋后，敞开着门儿。一块山体巨石插入地下，风顺着石面，像长了脚似的涌入屋内。他热了身，继续剖篾，剖了七七四十九根，又要背了竹篓上山，去屋后打核桃。看着一事不成又生一事，他驼了腰的老爹骂："忙啥狗獾子，一样一样做！"篾匠也不听，他要攒下一堆堆山货，便狠命地打向树枝，又丑又肥的核桃一个一个滚了下来。有游人乐。老爹又嘟囔："骂。哪个好日子不是骂出来的！"篾匠只顾自地踩在树丫上，狠命地打。山民的日子，就像这源头的水，又细又长，红红火火。

从宁强往东，就是勉县，旧称沔县。沔，《辞海》中注释："水流充满河道"的意思。汉中有沔水，武汉有沔口。自古汉沔本一水。单从造字上来看，古代，沔这个地方地势低洼，洪涝严重。可以说，粮草是没有保证的，汉中的名小吃"热米皮"，就是粮食缺乏的一个例证。"地连秦雍川原壮，水下荆杨日夜流。"东汉年间，一次地震改变了历史，古汉水归于嘉陵江，粮草、车船北上艰难。没有汉江的滔滔奔流，定军山下，诸葛亮在汉中屯兵八年。公元219年，黄忠斩夏侯渊于定军山下，使曹军士气大伤。这确实是一次很大的胜利，但只是一个暂时的胜利，长期的胜利还得依靠粮草，依靠汉江。此前，刘邦暗度陈仓，走的是古汉江，结果这次地震后，汉江改了道，陈仓再无渡，关羽大意失荆州，陆路不通，水路不通，曹魏这才战胜了蜀汉。

从棋盘关到铁锁关，高一丈则不一样，出了巴山，向着秦岭，汉江就由山间这一袤原野上流过，鲜有洪水发生。地有满地黄花，山有青铜铁牙，水有嘉鱼蟹虾。数百里的汉江，换了星月与山河，诸葛不再六出祁山。斯山为大幕，斯水为舞台，斯地兴新事。在武侯祠旁，有一处诸葛文化古镇，巍巍峨峨，古色古香。远远地，你会看见高楼擎穹，忠贯云霄。据说，这一景区是投资三亿元打造的。古镇有旱水两条道路，旱路上，有三国粮仓、云尚青舍、八卦广场、三顾茅庐；水路上，有诸葛水城、亭台楼榭、汉江漂流。景观雕塑，此消彼长，象征着阴阳八卦的哲学思想。

顺着碑坊走下去，有一堵灰突突的布景墙，墙后挂着九副七彩脸谱。商时，汉中就有巴人戴青铜面具、歌舞以凌的故事。面具绘制，或鸟或兽，面目狰狞，很具秦巴山水的野性。以恶制暴。就连纹铜樽、鸠杖上，都雕刻有朱雀、神鸟，用以驱赶瘟疫和邪恶。在武侯祠里，有旱莲院、桂院、上表亭。一院古祠，只剩几株古树，随风飘零。没有汉江的便利，马谡失街亭，魏延空自负，只可惜大汉苦其一人，也难走出大山，兴复汉室。再往里，有隆中"三代下一人"的石碑坊。门掩着，一推开，有门童、小虹桥、草庐亭，但少了襄阳古隆中的厚重与韵味。

不过，街上的蒟蒻面还好，很有地域特色。勉县的老百姓跟着红四方面军闹革命，不就是为了吃碗蒟蒻面吗。我们觉得有趣，几个人各要了好大一碗。添酸加辣，撒一把葱花，一入口，还算爽口。吃饱了，友人一抹嘴说："魔芋饭就应该这样做，有石头缝里的清利感。"女老板听得有趣，又奉上茶，犹如汉江的豪爽，乐呵道："现在信了吧？我们是从山上挖的野生蒟蒻。"

大家附和着："野生，自然的，好。"

三

虽没有风，一片片黄黄的叶子却不断地向河里飘去。

这样的一个深秋，也真是水瘦山寒。河谷很低，高高看下去，人像一只蚂蚁，一个小灰点般慢慢地蠕动。他在河谷长啸，"嗷呜，嗷呜"，翻山越岭，像一只山里迷路，误入城市的野狼。你莫说，他不是一只狼，就是真狼来了，人们也司空见惯。山上的果子熟了，水里的鱼儿肥了。羚牛、狐狸、猪獾、云豹，一次次跑到河谷里，是常有的事。远山，越来越高。河水，越来越低。水仅没过脚面，沙洲像一条搁浅的鱼。有了鱼，它们就睁大了眼睛，瞅准时机，一口衔了去，养肥了膘，生儿育女。

远望一脉群山。那两处高山对峙，卡出一条江来，只容一条小船通过。面对楚时上庸、秦时西城之地，你不禁感慨，安康，古金州，兴安州，这阵势，不愧为秦楚门户。成也金州，败也金州。民国时，襄阳就有不少的商号在安康安家落户，像李兴发酱园，大人小孩都会唱一段民谣："李兴发，老招牌，我从汉口问上来。大酱缸，小酱缸，又酱萝卜又酱姜。大头菜，开胃口，五香干子下烧酒。"他们除了酱菜，还在安康恒记山货行收购桐油、生漆、木耳，兼营上海的肥皂、煤油、纸糖。就像三千里汉江，从汉中，四百里到安康，再六百里到老河口，又一百四十里到襄阳。爬到桅杆上，像猴子。拉起纤来，像孙子。人们都在一条河道上谋营生，不容易。

在河对岸，九楼，一个优雅的女士与朋友聊天："我时刻关注湖北的疫情呀。虽然不在我身上，可揪在我的心里。我老家是红安的。"又接着说，"现在，你们能出来访亲问友。说明我们的疫情控制住了，我就放心了。"她甚至要站起来，对家乡人表达热情。如此包容，让人感动。要说，汉江沿岸的城市里，大多是南来北往的人，川帮的、黄州的、南阳的、怀庆府的，大都住在一条街上，亲如一家。

是汉江，把我们的命运连在了一起。

一条江，创造了机缘。机缘，萌生情义。丁小村也讲了一个路遥与文学青年的故事。故事发生在二十世纪七十年代，青年作者是一位农村丫头，因为文学认识了路遥。为了她上大学的事，路遥坐火车从西安到汉中，从汉中坐长途班车到湑水河，到城固的乡村，就为传达一份改变命运的材料。那天，下了雨，路遥脱了鞋，光着脚，走在泥泞的田埂上，走到村里。无亲无故，就为一个机缘，或一个承诺，或一个愿景。路遥是友善、热忱的。若干年后，我想，这位文学青年也是。

窗外，喜鹊在河岸上飞。飞了一圈又一圈，才落在树上。当它落下，收起翅膀，也落下夜色。我们到河堤散步。安康的河堤很怪，别处的，是桥在堤上，飞架南北。而安康，是堤在桥上，拱围着城。当地的朋友说，1983 年，汉江发洪水，淹没过河堤。我相信这件事，那一年，我在襄阳太平店读书，河水都涨到大堤顶上了，黄亮亮，汪洋一片。而如今，这堤坝成了景观。

往东二里地，是小北街。听说有一处顾氏民居，是明末著名思想家顾炎武的后裔建的，休闲的好去处，可以喝喝茶、聊聊天、谈谈古。这宅院不大，一进两院，两层环廊楼。窗户，有西洋式的拱券雕花。内帏，有中式砖雕镂刻。有朋友是顾家的亲戚，他说，顾炎武晚年在华阴隐居。咸丰年间，渭南受灾，顾家一支流落到小北街，在广义隆以收山货为生。由于青年人踏实肯干，广义隆遂收为女婿。年余，生下元伯、仲学、实生、季云四子。唯有三子顾实生继承了衣钵。这房院，就是他置建的。

抗战时期，顾实生在秦巴山上收山货，翻山越岭，不幸感染风疾，从此一病不起。不久，撒手人寰，留下遗孀带着五个子女苦度饥荒。1949 年，解放军警卫连住进了顾家大院。考虑到顾家人多口阔，连长向专署提出，不能无偿居住。政府答复，给予租金四十五元，三十五元用于生活费，十元当作孩子学费。

一日，几个"革命小将"冲进家里，嚷嚷着说："一家子奸商，把尾巴割了。这院房子是不义之财，全部充公。"一群妇孺娃娃，哪能有点辩驳的高话儿。顾家一下子陷入绝境，只有靠东挪西借度日。面对这突如其来的变故，还是老夫人出来说："我们顾家的，不论男女，不要问是非，慢慢有啥吃啥。"内厅两侧挂有楹联，可见一斑。上联书：时光似水消化千秋恩共怨。下联对：日月如梭承载万代是与非。改革开放后，政策变了，条件好了，领导关心，顾家又赎回了老宅，总算留下了一代先人的血汗。

走出顾家，梧桐叶响。树还在，人已非。朋友说："那个年月，不该争的不争。命里有的总会有，命里无时别强求。现在，宽容人家，也是讲仁义。"

四

一只凤凰，飞栖在秦岭上。多少人扶老携幼，田舍烟火，只为涅槃自己的人生。

汽车一直在山谷里跑，路随山转，树随路转。一棵棵的柿树，挂满红彤彤的果儿，一树甚比一树多。远山是墨的，近水是白的，山间，随意伸出三两黢枝，长满了红红的果，景致便生动起来。鸟儿吃，就让它吃吧。

拐过一座桥，越过一条沟。拐一个弯，又拐一个弯，顺着山脚一闪，背篓的挑筐的，都从山里走了出来，宛若世外桃源，热闹起来。背背篓，耍扁担，铃铛响了，来到骡马店。老人们讲，凤凰嘴，唐朝的时候，就有了集市。

这镇里的人，虽处深山，走南闯北的可多了，衣食住行比较讲究。西街下山，就立一高大的重檐牌坊，迎客送客。东街进山，就建一二郎庙，一柏担八间，防火防水。中间有溪，就架一拱桥，通气聚财。这镇子十水归一，呈 S 形，又叫鲤鱼摆尾。商号、药铺、钱庄、戏楼林立，三进三开，一律的青瓦粉墙。

街口，多是山民的铺摊子。叮叮当当，吆喝声起。不管天有多冷，他们的筐筐篮篮，一定要摆到凤凰桥上去。篮子里装的，是核桃、猕猴桃、何首乌；桶里装的，是泡芹菜、臭豆腐、酸豇豆。这些商贩，坐摊的多半是女子。男人坐女人身后，斜瞥着眼，闷闷地抽烟。他们笃信，拱桥就是凤凰张开的嘴。对着凤凰的嘴，就是聚财，捞得到钱。女人一秤一秤地卖，男人巴眼巴眼地望。知情的，晓得他们是两口子。不知情的，还以为是懒汉扯淡吃瓜。

翻过桥，是一溜坡。一街两巷，坐铺的有几个本镇的男人。有游客打问桂花酒，铺主大拿地说："你没听说过，合亭从家到西安，沿途不歇他人店。张合亭是我的祖上。"点上一支烟，跷着二郎腿，一抖一抖，"船过三江口，奔的是老河口"。他心里就是在想：你有我见过世面？大话一出，生意没做成。理发的，没有客人，只管玩他的手机。对门大姐，手头针活缝不完，只低头钉扣子。卖酒的老汉，吊着老花镜，石条上磨刀。邻居们都知道，他自小是个二炮，没人怀疑他，也没人搭理他。说着说着，打问的人走远了。

拐个弯，一盆一盆的熏肉、豆腐干、野蜂蜜都摆到街道上。女人使个眼色，让男人滚到屋里去。山里男人，只会爬山砍柴打石头，能一把扣住三十斤的野猪，但论做生意，却不如女人，会吓着客人。男人被关进了黑屋。女人不仅卖了蕨菜、木耳、干竹笋，还卖了丹参、天麻，一连做了十几单，这才腾出手来，进屋给男人泡了一杯茶，娇嗔道："你是个财神，还是个二郎神耶。"男人一顿憨笑。

再往深处走，是正街。马头墙，木铺面，金字招牌挂檐前，诸如永泰丰、日光茂、乾盛成等。老街中段，一个女人坐在门口，地上放一筛子，筛边放着竹凳，凳上放一铝盆，盆里盛满了青椒。她右胳膊死死地拧着，一动不动僵拿着菜刀，左手从盆里拿起青椒，在刀口上划，一片一片落在筛子里。已有半筛子椒片，看似要腌椒，我正疑惑着，男人说："她中风了，半身不遂，就做些小活儿。"这家店铺，门楣上挂着"茹聚薪老药铺"，我问："你家不是中药铺吗？""医生得病，也有治得好、治不好的。"见我进了铺子，这男人头也不抬，只顾拿小刀削着他的蒜屁股。

铺子里，中药柜已闲置，胡乱堆着乳胶手套、挂历、酒瓶子。柜子下，扔着一个黑乎乎的炭盆。女人扭头问："你要买东西吗？"我说："哎。是要买的。"她左手一指铺板上的首饰、粉盒："老货。拿了去。"看了一下，是老货。我想，她怎么舍得卖呢？"有疙瘩火烤，就不错了。"她说。在凤凰街，这个社川河边的美人胚子，曾经皮肤多么白，丹凤眼多么美，鼻梁多么高，让多少男人着迷，恨得牙痒痒。她心里想：你管得宽。依旧划拉着青椒，一片一片的。我想，她中风了，又似没有中风，她有汉江一样永不停息的坚韧，一样的勤劳，一样的美丽。

都说，柞水的女人，适合做老婆。谁说不是呢？

五

棣花是一个有故事的地方。不光它灵动的山水，还有它玄妙的文字。

棣花的山，属秦岭山系，不像巴山悬崖峭壁。它有一个特点，土裹着石，石拦着土，谁也离不开谁。一山接一山，林木杂处。棣花的树，有捡不完的核桃、毛栗、松果，背上一袋子，到城里去换钱，换钱喝酒、听戏。有砍不完的棣花木杆子，烧不完的炭。棣花的男人，不乏走出去的，一直往河下走，走到河谷底。从龙驹寨起，驾起一条大船，过紫荆关，下鸳鸯滩，到汉口。赤着脚，挑着柴，从山坡上走，经商州，过蓝田，走到西安城，看花花世界。棣花的女人，个个水色好，要么雍容丰满，要么素净苗条，绝无粗黑干瘦之相。唱起戏来，扮相身段唱腔，让人发酥。

　　说棣花是一个村，它更像是一个镇。而镇里的人，更愿意外地人叫他们村，因为村里出过商州唯一的举人韩玄子。人民公社时，又出了一个大作家贾平凹。他硬是把一个土得掉渣的村子，写得神秘而伟大。村比镇的名号响，傲气。一碰面，还是那句："这老不死的，来贵呢？"与郧阳、淅川一个口音。尽管铁路穿村而过，方便多了，但山民们舍不得自己的山坡坡儿。不知何年何月，这棣花的山一旋，旋出一块五百米的大塬。塬上，住着几十户人家。这塬的小伙子，个个通条白净。常年在外务工，不是盖高楼的，就是开饭店的，更有跑运输的。在外混得人模狗样，回到塬上修房子，三层两层，光宗耀祖。

　　桥下是一道坡，有宋金街。丹凤的朋友说："额们商州人狠！金兀术打不过，才割商界给金的。"后来，丹凤真出土有"提控所我字印"，是金衙门的印章子。这说明宋金对峙，割商为界，真有其事。传说，街东，宋人建二郎庙；街西，金人就修马厩棚。汉人向金人卖茶叶、生姜、陈皮，金人向汉人卖貂皮、珠宝、人参，一时相安无事。这边栈，有和议厅、宋金桥、客栈，就在棣花村。棣花出人物，这其中自然包括写《秦腔》的人。他不仅是书者，也是个戏迷。他的家就在高台上，门口立一石，叫丑石。大门楼的门槛是扭着的，它要正对着笔架山。户对左圆右方，架着几枝艾蒿，门楣"嘉祥延集"，真是书生意气。院内，唯有一棵树，是柿树，结着累累的果。它不是桃树，或许桃树早就被猪拱折了吧。溜坡，高兴家是必去的。他诙谐幽默，大笔一挥，在门口墙上歪歪扭扭涂几行字：和平凹是发小，当过放牛娃，拾柴甘草河，割草在南沟，偷过红苕蔓子。看过的人都乐：哥俩好。

　　从棣花，过淡贾寨，向东南走三十里，就是龙驹寨。这寨子因一匹马得名：刘邦坐了它，得了天下。龙驹寨的水面宽，丹江水、老君河、大峪河，三水相冲，河面一下子涨达数十丈。多少胆大的山民，扔掉了扁担，走出深山，驾船做生意。于是，这寨子，酒馆、烟铺、旅社、蒸馍的，排成了一条街。街上，起了宅子，盖了会馆。说书的，唱戏的，络绎不绝。有人读过《七侠五义》，能说几段《聊斋》，就瞧不上拉纤的下贱鬼。这船工们扔了破褂子，骂道："爷们儿有的是钱，一船捐十个铜板，盖花庙。"吃过深山的苦，山民们说，在这重峦叠嶂中，人太渺小了。但是，龙驹寨不是。他们骨子里，有一种永不服输的倔强。就是一抔土，也要堆上鹅卵石，拦下丹凤一块地；就是毛柳树下一滴水，也要流过商县三百里。

　　走出大山，人不再渺小，不再贫穷。因为天外还有天。

由染布到织景

四月份，与梁衡、李辉、鲍尔吉·原野一行去黄楝树下的染坊民俗村旅行。

前一天，下了一夜的雨，满山的草木如沐浴了一般，早早醒来，葱绿得像一个二八女子，一脸的春风，一头的樱花、石兰、楠竹，站在村口，翘首盼着远方来的客人。

我们一行人，爬上一道山坡，恍若看见了那个前世的染坊。北边，一个湛蓝的湖，犹如它的染池。南边，一棵高高的黄楝古树，好比它的染架。漫山遍野的苏木、茜草、槐花、五倍子，就是它的染料。一百三十八户人家，镶嵌在温柔的山坳里，白墙黑瓦，溪水连连，像一幅油画，那么幽静与闲暇。

山高月小，冬去春来。如今，染坊仅剩下了一排排染架，一个记忆的符号。披挂的布匹，红黄青绿橙蓝紫，在风中招摇。有人问：有染坊吗？有染布的就更好了。我不能断定。

或许，几百年前，它就有这样一座古老的院子，有一个偌大的染池，有一个两百坪有余的晒台。推开那扇厚重的木门，穿过一重院，虬藤蜿蜒，天井见方，四水归堂。拜过神龛，绕过厅堂，一定会在堂后见到数丈宽的染池，湛蓝湛蓝的。伙计们摇着辘机，升起十数丈的布匹，恍若要升到天际里。瞬间，一丢辘柄，伴着哗啦啦的声响，布匹急簌簌地投入染池，泛起一朵朵的水花。

明代的《天工开物》有记载："棉布寸土皆有。"说的是，寻常百姓穿得起棉衣，那是老朱家当政以后的事儿。据相关资料记载，南阳人李义卿家有广地千亩，岁植棉花，载往湖湘。从黄棟古树的树龄来推断，李家染坊，或许就是成化年间，李家往巴蜀、湘岳卖棉布中转的一个染布作坊。

要说没有染坊，从奇石馆的广场向东望去，还真有一处染布馆和农耕文化馆，里边有不少纺车、织布机、背篓、独轮车。在一个布箱前，靠着一杆烟袋。空声说："抽烟呢。"我拿起一杆二尺有余的烟枪，下吊一个油乎乎的布袋，烟气逼人，释放着一股股染匠活色生香的气息和味道。

三姨听说我要陪作家去村里旅行，早上五点钟就打电话，让我打听一下村里划宅基地的事情。三姨的四间老宅，去年被村里收购拆掉了，补偿了五万元。村里请武汉大学城市设计学院打造旅游乡村，建设"宿在民居，乐在田间，游在山水"毕尔巴鄂综合体。过上好日子，是人人都想的。村里领导听说她的事，笑道："只要户口在村里，随时回来！"三姨在电话那头爽朗地笑了。

我走到村南头，看一处房子。女主人迎了上来，她叫周成华，从郧西搬迁来的，巴旦木色的脸、嘴、眼睛，连眉毛都在笑。我说："我不是你买房那油坊家的孩子，不要补偿，是游客。"她赶忙给我们搬椅子，搭腔说："你们是东北的？西安、新疆、武汉来这里的人多着呢。"

是的，从老河口市区，沿梨花大道车行，也就二十分钟的车程。要说八年前，那是不可想象的，七拐八拐，起码也得一个半小时。2009年，梨花大道通车，二十五里的街灯像村庄的眼睛，一慌神，村庄变了模样。七年后的一个冬天，新316国道建成，一下子把李家染坊这个山村拉了城市的环抱。

上山。梁衡、鲍尔吉·原野老师围着古树转了一圈，摸着龙鳞般的肌纹，感叹这是染坊的根。人们都走了的时候，鲍尔吉却想起一件事，逗趣地摘了几片叶子含在嘴里，咂巴咂巴说："黄楝，不苦嘛。"众人笑了。眼下，黄楝人的日子是不苦。

种树也种诗

仅过了一个星期，桃花浔的桃花就谢了，谢得决绝。

我想起了一首诗："你无法，让落花回到枝头；也无法让飞蛾，再次藏入蛹中。因为你，无法忽略它分离时的决绝，和它初现时的悸动，以及，它怀了一世的风雨，和蜜一样流淌的情愫就如同，你再也无法重拾一遍，青春的仓促。"

这是小城女诗人姚文静的诗《无法》。我欣赏这种遗憾的美，它让我们对世间的万事万物，懂得珍惜。千百年来，汉水从羊皮滩越峡而出，不是毁城郭，就是溢稼穑。洪山嘴镇二十八个自然村，首当其冲。这里八山一水一分田，让我们珍惜江河给的一垄地，珍惜大地给的一树桃。

已是暮春，我们去桃花浔的那一天，竟下起了小雨。它让小溪欢快起来，让村庄朗润起来，让桃果孕育起来。桃花浔与客落湖，一路之隔。先去的是客落湖。如此称谓，言下之意，村庄的人家是客家人。因为货船搁浅，才弃船登岸，开荒耕地，养家糊口。客落湖的桃，有人说是在割资本主义尾巴时，一个叫杨遂胜的青年，用偷偷保留下来的种子种的。其实不然，这里早就有种桃的习俗。宋徽宗年间，有一个叫张嵲的参军，给家乡写诗《寄鄸里》："长江依旧循荒垒，零落遗民有几家。莫伐城边旧桃李，为怜曾发乱前花。"说的就是长江这边受灾很重，荒无人烟，有饭吃的没几家，家乡的桃树和李树可别伐了，它能养活一家人。

与韩俊、昌安、合群兄去梨桃园，一川江畔，十里长堤，梨海雪涌，多亏了这个叫杨遂胜的青年，经过二十年的嫁接改良，栽下了一园美景，盖上了幢幢洋楼。这些年，每逢3月26日，村里都举办赏花行活动。不少城里的戏迷来了，不少着汉服的少女来了，不少画家诗人来了，果农们拿出最好的桃花酒让客人品尝。有些画家来了兴致，竟然在村庄的院墙上做起画来。在桃花的掩映下，"忙趁东风放纸鸢""花村童子戏林前"，一派田园风光，几多诗情画意。

与客落湖的一马平川相比，苏家河村的桃花浔依山起伏，更显别致。雨幽幽地下，车缓缓地行，一条刷黑的柏油路，曲曲弯弯，仿佛要通到桃花源里。在一个山顶，我们下了车，大家大呼小叫要去寻觅一个秦朝人，一个不知魏晋的打鱼人。沿坡而下，有一山谷，叫白水淤。据说，八百年前这里就有人筑塘播谷。当秋天长出了如云的稻子，老百姓欣喜，就会手舞足蹈，唱起一首歌谣："他日此间问福人，乐岁尽在秧歌里。"

一行人打着伞，就像河渠里墨色的荷叶，一顶一顶，清新自然。"哟，那就是桃花潭！"山谷中，有人发现一五尺高的奇石，定睛一看，上书"桃花潭"，竟高声朗诵起来，"桃花潭水深千尺，不及汪伦送我情"。另一人打趣，"这个潭，应该不止是三尺吧，比汪伦的要深哟"。大家会心一笑。汪伦是个农民？不可能。他是安徽泾县的县令。

一问一答，车出了山谷。有人介绍，桃花浔是湖北省农业旅游的示范基地，这里不光有桃花林、桃花坡、桃花湾、桃花溪，也有小桥流水、青石小径、草屋茅舍、四季花草，还有桃花酒、桃花饭。城里人来了，可以做一回农民，用葫芦瓢舀水，推石磨碾米，真正享受山野的气息。

对于此情此景。凡夫先生说："过去为什么要种地？怕饿，怕冷？"

"那就让他们种去，我们种树种诗。"谐翁依旧改不了他的顽皮。

一条大渠酿造的江南

丹渠，就是为从丹江引水到光北、襄北、枣北而挖掘的一条大渠。有人问："丹江是汉水的一段吗？"当地的朋友说："丹江是汉水的一个支流，它是从商洛地区来的。"

十年前，我采访过一个叫柴春州的人。他在引丹大渠工地当战地医生，救过一次知青李萍。由于医术过硬，后来参了军。那时候就知道，丹渠是多少人拿命换来的。那一年，南水北调尚未蓄水，赶上清泉沟隧洞维修，我徒步从三十米处下的山体，走过一次四号洞，感受了一下隧洞肃穆的气质。一洞跨三县，淅川、邓州、老河口，十三里路。1972 年 7 月，因为山洪暴发，六十二人献出了宝贵生命。

俗话说："北有红旗渠，南有引丹渠。"引水入襄，是襄阳一百多万人民改变鄂西北干旱落后面貌的一次壮举。1974 年 7 月通水后，它为一百七十六座水库充水，灌溉面积达二百一十万亩。在光化团部，宣传队员胡鸿忠曾动情地写道："光北、襄北、枣北，一个个缺水的岗川。要叫岗地变稻田，要叫山坳出果园，稻香飘万里，红薯靠一边。"

一大早，我们往号称"天上银河"的西排子河渡槽旅行。一路上，一渠清水向天际，两岸花香扑鼻来。一大片一大片浓绿浓绿的麦苗，像毛毯一样厚厚地铺在地上，抽穗扬花。又是一个兆丰年。车行在丹渠上，你会看到一个个盈盈的堰塘，一排排高高的白杨，有喜鹊筑巢其上，有沙鸥飞翔上下。一个时辰，便见一条飞龙腾空而起，由西向东，一字排开，一百八十二个渡槽跨，四十九米桥墩高。有人写诗："人间天河八里半，深沟高岗一线牵。千里泉水奔涌来，灌溉千万丰收田。"

你不禁感喟，人民创造历史。

下了渡槽，春风十里，一渠清水。或许是兴致高昂的缘故，善定打开话闸："凭什么不让我上高中，半店中学，四门优秀的只有一个，是我。凭什么，半店只有一个没上高中的人，也是我。多亏有修丹渠的经历，才招了工。"我逗他："那个年代，不让你上高中是对的，让你招工也是对的。""更重要的是，竹林桥的米，张集的馍，孟桥川的小鱼儿，纪洪岗的脚（猪脚），让你吃才是最对的。"这个十五岁上丹渠的小子，听了嘿嘿一笑。那个年代，一段曲折的经历就是一生难得的财富。

一个小时后，又一队旅客到了花问渠。满坡樱花，石块筑路，花径香草，一时激发了这群作家、画家、摄影家的兴趣。他们要下到渠底去，看一池蒲苇。不巧，遇上了一群女子，似乎是骑行俱乐部的，她们席地而坐，围成一团，把酒言欢。一行文人下来，还是谐翁有眼力，十二朵金花中，竟藏有一位男士。他一扬下巴，扮着熟人询问道："哎，你是姓洪吧？"那男人一脑子糨糊，接不上茬。有人低声递口信："红色娘子军的洪常青。"女人们秒懂，"噢"了一声，随后一阵哄堂大笑。

下四河淤村，是一个临渠村，水源足，堰水活。村前，波光粼粼；村后，瓜果飘香。村塘比丹渠要低，人们正在修建一处红色革命旧址，没人搭理我们。过去由于闭塞，全村五百三十多口人，有一百八十人外出打工不归，空巢老人一百一十人，留守儿童六十人。驻村第一书记无奈地说："村里的壮劳力，都去给别人家当养老女婿了，发展村集体经济压力大，实在缺人啊。"这两年，建设百亩黄桃基地，不少外出的人才回了家。

翻过山，半山腰处有一户人家，男的叫张天才，六十五岁了，是一个标准的贫困户。扶贫工作队对他进行了帮扶，一方面，扶持光伏发电分红增收。另一方面，发展黑小麦增收。两年下来，连年增收一千多元，2017年，收入达到了四千五百元。我们去探访时，他家的院子里正置建农家乐，开办乡村商店。忙忙碌碌，惊得一院子的鸭子"嘎嘎"地叫。今天，他女儿从孟楼回家，悄悄地告诉我们："老爹，还捡回一个年轻的媳妇哟。"这时，从屋子里走出一个女人，模样蛮俊。我想，土地流转，道路硬化，电灯电话，娶妻生子，或许这才是村民想要的生活，有尊严的生活吧。

日薄西山，农人回家。丹渠，它像一尊神深情地注视着这一个个村庄变迁的模样。这里湖水通达，有羊群吃草，有油菜金黄，有鱼跃清塘……成群的鸟儿翩然飞过，划过嘤嘤的鸣声。

南襄盆地的一道金光

听说去薛集，我就忆起一汪汪的水、一道道的岗。

虽说它是湖北的地，却也有河南的岗。抬头看，一望无垠的麦田，地连地，田成方。你若是见到一个来人，张口问："叔，您啥时间儿回家来？"只要回答"昨夜儿的"，一定是河南老乡。

这次去，天气挺好。过了蒿堰河，车就一直在一岗岗麦田里游走。一株株饱满的麦穗浓绿得像一条飘扬的围巾，披挂在村庄的脖子上。一排排的树，就像村庄的手，轻抚着眼下这一片白亮亮的水面，无比深情。有几个渔人在河上划着船，捧一把把的饵料往河里一撒，顿时，河面上泛起一波一波的金光。这河，人们俗称西排子河，处在南襄盆地之中。

如果我是这村子里的人，一定要到村西头，去整一畦秧田。挽起裤腿，套着水牛，翻犁一垄垄的田，把它整得像温床一般柔软。我会高高地喊上一声："驾！"一扬鞭，打出犀利的响。我知道，尽管这样，那红嘴赤足的白鹳也一定会来，它们三五成群落在我的身边，叼啄这藏在土中的虫子。油菜花的黄、鹳鸟的白、土地的赭，错落有致地涂抹在一起，酿造着一杯老酒，饱含人们对农耕文明的眷念。

在去曾岗村的路上，听到两个人的交谈。一个年轻人说："现在，村里办厂，不外出打工，方便多了。"中年人笑一笑："是的，办了厂子，占了田地，鸟儿也就失去了家园。"年轻人说："唉，也是。就像过去到处逮麻雀，可树虫就泛滥成灾。""自然界，要讲究一个生态平衡。"

从上寨到下寨，薛集八万亩耕地，上万亩的稻虾共养，二十二个行政村，没有一家有污染的企业。在西排子河的入口处，卵石铺道，亭台楼阁、葡萄长廊，还真是一个观光的好去处。

走进艾之约的厂院，两个车间发出轰轰隆隆的机器声，工人们在加工艾绒。一把柴火般的艾，能做成绒？几个人满脑子疑问。看着龙口吐出的一坨坨绒，他们睁大着眼，伸手去抓，黄黄软软，不禁惊叹：哎，真有棉花的手感呢。我认识投资人程文前。他是南阳一个提笔能写字的人，不承想，一头扎进了种艾草这档事儿。随行的是一个黑脸汉子，不管你听不听，他都一直说："我们艾之约，引导薛集村、天明齐村、曾岗村、余起营村、杨集村等九个村种植艾草一千五百多亩，带动八百多人脱贫。过去，艾灸、艾熏是医生的事，而现在艾之约直接把这些打包送入百姓家。"

一个村干这么大的事业，毕竟让人不放心。有长者盯上了接待的镇长，感慨："这个镇长年轻哟。"一人起疑："你咋知道？""明摆着的，长着一副娃娃脸。"有人解劝："有志不在年高嘛。""不过，家有三年艾，医生不用来。艾枕、艾熏，南方祛湿，确实需要这东西。"人都走远了，那黑脸汉子还热情地在门口招手。

一千亩搭架的青藤，沿着有结的绳线爬了起来，一朵朵吊金钟式的花蕾含苞欲放。在齐岗村，二十二个襄阳人都下到人家的田地里，我觉得不妥。刚翻的地，人一进去，地可不就踩瓷实了，不是给人家找不少麻烦吗？

我兀自品着一杯金银花茶。这时，我才知道，湖北人真是聪明，借你的名，种你的花。穰东，不是有张仲景吗？我们就学《伤寒杂病论》。社旗不是有赊店吗？我们就酿光化特曲。老河口的镇子上，有四成的居民都是河南人。一代小说家姚雪垠，写了一部《戎马恋》，也是在老河口成的名。乡里乡亲，不借都难。

望着一垄一垄的地，青绿色的金银花，密密匝匝，似乎要长到天上去。但我知道，天的那头，一定是幸福盛开的地方。

虽然没有科尔沁草原

太阳照在浓密的树梢上，一派春意盎然的景象，我们去看科尔沁的牛。

科尔沁，有原始的天空，原始的植被，原始的泉河，一切纯天然。竹林桥的孟湾村也不错，漫山遍野的山岗一片绿，一波一波，绿得就像在草原上。

历史上，蒙古人确实彪悍。宋理宗绍定四年（1231 年）十一月，蒙古拖雷入饶凤关，就曾屯兵在汉江之畔。金完颜合达、移剌蒲阿在光化城对岸截江而战，丹江口的沙陀营就是蒙古兵驻守的地方。七百多年来，不知道汉江两岸有多少蒙古人的后裔。

血脉难断。这或许就是科尔沁牛在孟湾生长的原因吧。

在我的心目中，科尔沁草原蜿蜒在霍林河畔，长着艳丽的五角枫，不仅有河流、山川、牛羊、孝庄皇后的故居，还有阿古拉的汉子和姑娘。远远的山坡上，驻扎有两穹高大的蒙古包，像两朵洁白的云，一派草原风情。车子在原野上行走，微风袭来，你一定会认为自己就坐在马背上去赶场，去看弹马头琴的姑娘。

鲍尔吉·原野是一个风趣的人。他写在胡四台嘎查村，自己与堂兄朝克巴特尔喝酒的场景：一律把右手的白酒一饮而尽，左手接着放在桌子上，手里的玻璃杯再次倒满白酒。他们不言语，对酒也没反应。后来才明白，堂兄是在用看牛羊的眼神看我们，无须说话。朝克巴特尔每天步行五十里放三十只羊，满特嘎每天骑马放二十头牛。在草原上，他们自个儿跟自个儿喝酒，不咋跟别人喝酒，也不会在酒桌上跟人说话。草原上，酒就是话，酒钻进肚子里跟他们窃窃私语。喝到最后都笑了，酒把他们逗乐了。

这就是草原人的生活。

老河口食者如云，对于喝酒，也不太爱说话。下午五点钟，两三个男人或独独一人，钻进罗盛街的酒馆里，只要一方凳，一碗黄酒，一把花生，就海阔天空了。他们盯着碗就像盯着船，累得一句话也不想说。扔了纤绳、丢了撑篙，喝一碗酒，只为解一路的疲乏。后来，没有了船，还是贪恋这碗黄酒，照例地喝。爱吃肉的，不管是在哪条巷子，总会出其不意地站着一桌，有毛豆、牛蹄筋、卤肠、豆油筋就行。要的就是这说走就走的情调。

孟湾村的科尔沁牛场，没有民宅，没有山泉，也没有大海小海，只有大片大片的麦苗。中午吃饭的时候，顺子睁着牛蛋大的眼睛问我："不种粮，种青玉米，能种吗？"没等我应声，他接着说："政府给技术、给种子，不会压价收购吧？"我说："不会，人家十万头牛，一头牛上万块，全镇所有村都是这样，保底收购，不会的。"顺子似信非信。过一会儿，他咧着嘴笑了，他算了个账：一吨草二百六，一亩卖个一千二，比种粮要多个三百块钱。

我想，这孟湾村的人，是不是七百年前与蒙古人也先不花打仗的那帮人。看着这一期建成的年出栏万头的肉牛育肥场，他们才信了。吃过午饭，不知是谁哼起了科尔沁草原的长调："巍峨连绵的父亲罕山，亲切威严地耸立在天边，静静流淌的母亲黑哈尔河，乳汁养育着千里草原，这是哺育我成长的摇篮……"悠长，豪放，真有点一泻千里的味道。

春风吹过山岗。这里，虽然没有科尔沁的草原，但我们依然有科尔沁的牛。

闪亮的丹渠，恍若天上眨眼的星星

这个深秋，竹溪的龙海到袁冲乡工作了，邀请我们去看一下丹渠。说是丹渠的核桃熟了，莲藕肥了，羊儿壮了。

丹水由秦岭而来，因汉水而融。这个季节，这个"朝秦暮楚"之地，似乎更漂亮了。蓝色的天空，绿色的渠水，白色的丹渠博物馆，一行白鹭在孟桥川明亮的湖面上翙飞啼鸣，美得就像一幅油画。单是大渠两岸满山坡的樱花红叶就值得一看。

那个年月，人们骨子里总有一股不服输的狠劲，不修好丹渠，绝不收工。是襄阳、光化民兵团子弟的一腔豪情，誓把丹水引三北，才让丹渠的水涅槃成一只只翙翔的生灵，挥舞着彩练，穿越一道道山岗，滋润着鄂北大地。如果没有丹渠的水，就没有五十三座水库，三千六百口堰塘，哪还会有二十二万亩的清水田呢？

这些天，我总是在梦里看到山洪肆虐的情形。才入睡，一场狂风暴雨就从山上倾泻而下，遂又醒。恰巧观看到由晓吾老师作词、江柏萱老师配音的《丹渠魂》，我不禁回味起来：一个女孩的童音："爸爸，修丹渠的人都是英雄吗？"爸爸说："当然啦，他们都是英雄。"女孩问："什么样的人才能成为英雄呢？"爸爸说："懂得奉献的人，都是英雄。"

1970年12月29日下午3点，四号井南洞一千一百米爆破作业平台，"咔嚓"一声，数千斤的巨石排山倒来。"哎呀"，填木工陈宝川被石头压在十六米高的排架上，上半身悬空，生死未卜！董华生指挥长亲赴现场，组织施救。汪占平、魏九升冲上去，托住陈宝川的脊背。吴青跃上排架，扛住险石。付邦学找来千斤顶。在这泥土碎石纷飞的危险时刻，大家一起喊着号子："下定决心，不怕牺牲，排除万难，争取胜利。"两个半小时后，陈宝川得救。民兵们禁不住欢呼："坚持就是胜利。"

这个硬骨头五连站在毛主席像前庄严宣誓："大塌方是刀山，我们也要踩着刀尖上。是火海，我们也要迎着火海闯。老年拼老命，青年献青春，不战胜大塌方，誓不收兵。"民兵刘行恩在决心书上写道："为人民的利益，坚决战胜大塌方，如果我死了，把我埋在二劈山下。活着没有把隧洞打通，死了也要看到水过二劈山。"

知青胡鸿忠在电闪雷鸣中写下动人的诗句："握手，二劈山。站在珠连山巅，朝北看，是一马平川的淅川。向南看，是蜿蜒起伏的群山。绵延着，光北、襄北、枣北，一片片缺水的岗川。光化青年光化青年，我们要叫岗地变稻田，山坳成果园。住茅棚睡地铺，南瓜汤小米饭，只为引来幸福泉。"

1972年7月1日上午八点半，洞内，一千多人民兵，风钻打排水眼，清淤，出渣，车叫人喧。洞外，狂风席卷着大雨，无情地抽打着大地。一个小时后，暴雨变成河，山洪像一匹野马，冲向丹渠的各个隧洞。一场严重的灾难发生了！

为了营救被阻挡在洞内的兄弟姐妹，领导干部、解放军战士、工人、贫下中农、知青、医务员……紧急集合，一场抢险战斗打响！周恩来总理办公室、湖北省委、襄阳地委、光化县委办公室、襄阳县委办公室，电话不断。

"三号井多少人？"

"二号井进水，请救援。"

在四号井内，陈德安喊："走啊！秀枝，水已过腰！赶快撤！"

"呼叫！呼叫指挥部！"

碎石下落，岩水漫灌。刁秀枝喊："我走了，万一来电话怎么办？我不走！"

她仍镇定地给指挥部报告洞内情况。"呼叫！呼叫！呼叫指挥部！"

陈广智、陈德安、魏家祥得救了。当王荷香抓着卷扬机绳，艰难地走到洞口时，一块脱落的巨石砸中了王荷香……黑暗的怪物翻滚着蹦跳着，砸断了木板斜桥。水越来越大，洪水一浪接过一浪，涌进洞内。

瞬间，洪水淹没了刁秀枝。

千钧一发之际，喇叭声响，解放军来了，组织了二十四人的抢险队，十五辆汽车，一百二十只轮胎。丹江工程局来了，派出三十一名潜水员，五千条防水草袋。河南汉水工程指挥部来了，用扁担挑来一千多个馒头、五千斤蔬菜。

经过十九个小时的搏斗，7月2日凌晨五点，七百二十六名被困人员获救。

1972年7月17日下午四点，在南堡大队，指挥长董华生动情地说："四号井三连任国印救出九个同志后壮烈牺牲，一号井张继海救出三人后牺牲，三团工人郑庆怀坚守岗位，救出七人后牺牲。这些同志，把生的希望给了别人，把死的危险留给自己。我们唯有，挥泪继承英雄志，誓将遗愿化宏图。走英雄道路，创英雄业绩。"

会后，仙人渡、竹林桥十五名烈士家属要求来工地接班。

11月份，我行车一百四十公里，南到襄阳石桥有"天上银河"之称的丹渠渡槽，北到淅川渠首王营，西到石碑岭的石门，东到竹林桥的蒿堰河，感叹丹渠的壮美。仿佛又听到了湖北省原省长张体学对老河口的干部说："光化之所以是个穷县，就是穷在缺水。你们紧靠丹江口水库，条件有利，单独开口工程量小，能早些受益。"引丹工程从1969年春开始，到1973年3月通水，襄阳、光化两个县的民兵团十八万人，奋战五年，打通了六千七百米的清泉沟隧洞，开挖了六十八公里的引丹渠道，引水上了山。水库堰塘星罗棋布，恍若天上的星星。明亮的丹渠，恍若一双双先辈的眼睛。

而如今，日子好了。多亏了丹渠，多亏了修丹渠的英雄。

是谁，手把彩练舞群山

丹江的水流到山脚下，山南边的村民却吃不上一滴水。眼看丹江快到沙砣营，却一头撞上了洞儿山，折身向西南流去。洞儿山往南是老河口的袁冲，往北是淅川的香花，往西是丹江口的茅腊坪。我上过几次洞儿山，山上有严家寨、彭家寨、三尖山寨，海拔二百九十五米。山虽不高，但一下子拦住了丹江的去路。

过去，山南的丘岗，赤色遍野。

白狼焚掠老河口那年，孙家洼的孙大头二百亩耕地才收了五斗麦子，他大失所望，恨恨地把麦投进水里，自溺而死。

1927年冬天，当过武昌县长的袁书堂回到袁冲，恢复建立党支部。父亲袁邦廪对佣户、长工尤为和善。他说，东汉名将马援派家奴服侍儿子时说，"亦人子也，可善待之"。袁冲的日子确实是苦。吃糠咽菜，高粱拌辣椒。不光袁冲，三北地区大多十年九不收，就像朱周学门口的那棵黄楝树，有苦说不出。为了帮助困难群众解决吃水问题，袁书堂先后卖掉老河口城郊十六亩良田和县城的三间瓦房，典当了袁冲十几亩水浇地。

闲暇时间，他就与兄妹一同下地，帮助父亲种植棉花、芝麻、玉米、红薯，补贴家用。一日，他对住在家里的光化中心县委书记李实说："革命胜利后，要把现在的岗地变水田，兴水利，开沟渠，修道路，办学校，改变家乡贫穷落后的面貌。"

1976年，鄂西北大旱。丹江口水位低于一百四十三米，丹渠放不出水来，塘堰干涸。老百姓无奈地笑着说："修个大渠是干的，建个泵站是看的。"光化县委书记姚克业如坐针毡，立即向襄阳地委报告，修建三个支渠，一支通孟桥川，一支通古城水库，一支从三同碑通到仙人渡黄楝。短短四年内，老河口修起马冲、唐沟、吴家营、冯营、滕庄、申家洼、黑虎山等七座中型水库，一举甩掉了吃供应粮的穷帽子，年粮食收入达四亿元。

1998年，我与同事们去袁冲村栽种枣树。要想富，多栽树，是多少人的一种愿景。其实，运行三十七年的丹渠早已不堪重负。丹江口水库年年低水位运营，丹渠无水可供。一百七十六座水库渗水滑坡，三十八万亩耕地水费实难收缴。丹渠的同志找到地方政府，说仙人渡西张湾通张集的丹渠大桥已有六年未修，群众苦不堪言。当时，我在政府办公室工作，联系交通部门，与熊化国、交通局同志协商，苦口婆心，才筹得十五万元，解了燃眉之急。

水因灵性而活，山因激情而奔。2009年，南水北调中线工程如火如荼，9月丹江口库坝加高，2014年完工通水。丹江口水位高于引丹渠进闸水位，引丹渠自此可全线自流。12月，熊化国笑了。引丹灌区可以利用法国开发署贷款，开发小水电，由此新扩建小水电七座，年发电一亿度，增产粮食三亿斤，丹渠又活了。

襄阳、老河口两级党委政府抓住契机，立即加快"百里生态丹渠"建设，将它由单一灌溉向生态农业、休闲旅游等综合功能转变。仅用一百二十五天，熊化国率队在荒了四十四年的渠坝上栽植樱花、三角枫、红叶碧桃、富贵竹等苗木九十七万余株，一年植树超引丹干渠建成后的总和。

站在郝岗桥上，两岸十五米内土地已植绿四千亩，六十八公里内每米生态资源产生价值一万元，绿水青山成为金山银山。沿着丹渠走五十米，遇上一处牌坊，上书："中华儿女多奇志，敢教日月换新天。"一个顶着白发的老同志说，这里叫好汉坡，是襄阳县民兵团的标段。他们肩挑手扛三百天，硬把荒山变稻田。他们走了，可渠还在。我们不能忘记过去，不能忘记英勇的襄阳人民。

顺着好汉坡，是一条紫藤长廊，百十米，爬满了紫荆蔓藤。我知道，这是袁冲人筚路蓝缕的一种雄心。翻过山，就是九曲回廊的未名湖。匾牌上，有革命先驱袁书堂、文化学者袁震之、优秀教师童淑英、奥运冠军吴咏梅的故事。

这些人，都是丹渠大地的佼佼者，是他们手把彩练舞群山。

核桃、野山杏等着我们

隔日，我想去丹渠的源头。

常言道："问渠那得清如许，为有源头活水来。"临行前，我与村支书朱周学约好见一面，他是丹渠源头的老门户。

约莫半个小时，车就拐到了丹江口的环库公路上，开山辟路，笔直的柏油路甚是气派。这个季节，或许是气温的缘故，山涧里，紫烟升腾。

在石门的山洼里，我遇见朱周学。他个子不高，花白着头发，穿蓝色的卡裢子，七十挂零，身板结实，一看就是爬过山的人。他开着三轮车，风风火火，从山岗上一溜烟下来，往村头半山腰一拐，停了车。有七八个穿着大红大绿的村媳妇，从车上跳下来，一阵爽朗的笑声，像吃了蜜。车屁股上挂着一串儿竹篮。

打过招呼，我问："这是忙什么呢？"

他说："去丹江口摘橘子。丹江漫山川的橘子熟了，忙不过来，去打个小工。"

石门与丹江村挨村，地连地，串门子就是从这架山爬上那架山。这些年，丹江的橘子长势好，摘橘子竟成一份意外的收入。村里的女人闲来无事，都成群结伴去摘橘子，一斤一毛钱，一天能挣两三百。

王桂兰去不了，她七十六岁了。一身蓝花袄，坐在房门口，望着山涧发呆，望着喜鹊从茅腊坪上叼虫子，在天上盘旋。门口有两棵树，一棵橘树，一棵是核桃树，都结着青翠的果儿。一圈铁丝网，七只走地鸡，半分小白菜。她恨自己的腿不中用了。

看着她的腿裹着厚厚的棉裤，我问："腿怎么了？"

她粗大的手，揉了揉膝盖："木腕坏了。"修丹渠那年，她能从彭家山二狼庙，跋山涉水，挑二百斤柴火到工地上去烧锅。

聊起她儿子，一指，就住在邻近的两层小洋楼上。说到兴致处，她笑了起来："现在的日子真好。女儿在丹江口买了房，自己老了，国家还给几十块钱补贴。"

听说镇上的包村干部来研究旅游项目，朱周学带着我们去看了他家的黄楝树，有五百年的历史了。1948年，张廷发的队伍从宛西南下，在石门休整，就在这树下休息过。

他算了一笔账："现在，城里大鱼大肉都吃腻了，山里野菜才有味。丹江口环库公路修好了，向北，到丹江口市区十二分钟车程，这里是丹江的后花园。往东，到清泉沟十五分钟，又是丹渠源头的探幽地。现在，沿湖旅游已转向山涧石溪游。乡村发展，要敲到鼓点上。"

看着山涧一座座青砖古宅，朱周学说："七千亩的山林，山好水好空气好，老房子是个宝。"不光铁佛寺、天河沟、彭家井，就是传说故事也是旅游资源。听老人们讲，在洞儿山，过去有一只鸭子进了山洞，主人追了好久都追不上，后来竟从二十里开外的六股泉跑了出来。说得很玄妙。

石门小小的山凹处，散落着一百七十户人家。有王、朱、彭三大姓，一村三县人。王家户是三尖山淅川王营的。王营是引丹大渠的进水口。站在彭家寨，一嗓子都喊得应。彭家户是邓州彭桥的。走十三里到黄庄，是丹渠的出水口，也是引丹大渠建设指挥部战天斗地的地方，挨着纪洪岗的严家寨。朱家是老河口竹林桥朱岗人。

真是一个世外桃源。难怪光化知县叶康直有诗赞："莫讶泉流不出山，山门争似在山间。西湖歌舞虽云乐，南亩耕耘未敢闲。"有水，老百姓就植禾吃饭。没有水，老百姓就筑寨子，看家护院。镇上的干部说，这五千亩荒山，八月炸、山核桃、野山杏、瓜蒌子、薤白、山菊、野葡萄太多了。有老板看中了这里，已拿出设计图纸，想建旅游公路。

听朱周学说，村里将沿旅游公路种瓜蒌子树。我送他一个字"好"！他八妹凑到跟前悄悄地说："我家二狼庙，还有一百亩野山杏。"攀谈中得知，八妹是村里的赤脚医生，日子过得宽裕。姑娘武汉大学毕业，在襄阳供电公司上班，五月份才结的婚。襄阳、老河口都有房，真为他们感到高兴。

我说："说不定哪天，二狼庙上真有了野狼哟。"大家笑了。

看着丹渠人的幸福，我想起一首诗：

当年鏖战苦，血汗灌丹渠。
一洞穿两省，引得丹水急。
满眼苍翠色，莺飞草碧绿。
今日江南景，壮士呕血滴。

李河，有蒲与荷

一

　　暖风吹过，村口的两排深红的李树叶哗哗作响。一丈有余，重重叠叠，摇曳生姿，算是李河村的标配。李树下，有农人荷锄穿行，有孩童追逐而过，一只母鸡独独在台阶上啄食，一派田园风光。三年脱贫，不落一人，我们赶上了好日子。

　　我不知道，全国有多少个李河村。但是，在襄阳乡村建立作家村的就这一个。它不像乌镇出了个茅盾，凤凰出了个沈从文，棣花出了个贾平凹。村里人不管出不出作家，就是爱读书，甚至还建了伯阳书院、作家巷，编撰了村志，收集了一架一架作家的书，供村里男女老少免费阅读。或许，有一天，村里某个乡土作家，就会横空出世。

若没到过李河村，你或许会觉得它满目黄土地、低山岗，太普通了，但进了村子，看着这一山一水，一草一木，一宅一院，你会大吃一惊：乡贤文化还真是那么回事。李河村像躲在鄂豫边界的一个隐士，满腹经纶。它离孟楼镇政府也就五公里的路程，可谓一脚踏两省、鸡鸣响两镇。从杨岗的松树扒往下看，二百九十户人家就簇拥在一个坡凹里。村子北边紧邻一座水库，叫古城水库。据说，古阴国的遗址就淹没在这浩渺的水库里。水库下，一条小河蜿蜒成一只"耳朵"，环村而过。村里人叫它耳湖。

走个几十步，就能见到一座高大的牌坊，匾额上镌刻"经传道德"四个字，两边写着："田可耕桑可蚕书可读袭誉传家至宝，战则胜攻则取守则固文忠开国殊勋。"讲述李袭誉耕读传家、李文忠屡获战功的故事。

这或许就是李河人爱读书的原因吧。

二

我到过几次李河村，这耳湖里种满香蒲，还真有"彼泽之陂，有蒲与荷"的味道。绕耳湖走一圈，脚下是旧时的石板桥，西有荷塘，东有修竹。恍若隔世，不经意你能遇上"竹林七贤"，把酒言欢，一睹魏晋风采。一时，谷城、邓州、襄阳的作家接踵而来。

李河村的前身，是1958年成立的李河人民公社。

耳湖对面是公社的老院子，周围散布着供销社、粮管所、卫生院、兽医站、信用社，1987年撤区并乡之后闲置。2019年4月，老公社被村里的李春平转买到手。1973年出生的李春平在外闯荡多年，致富后不忘家乡，带领村民寻找新的致富门路，投资几十万，把原来破烂不堪的老公社重新修复，也把自己的企业耕读李家农业有限公司设在这里，带领乡亲脱贫。

四月，经过几场雨，荆襄南道一派阴凉。我决定去拜访耕读李家农业有限公司的老板李春平。

李春平，四十七岁。个头不高，人长得结实。经过风吹日晒，黑红的脸庞镶嵌着与年龄明显不符的沟沟壑壑，这印证着他是吃过苦的人。

李春平曾经日子过得酸楚，父母带着四个子女，挤在两间土坯房里，床上有时会掉下一只又一只壁虎，吓得一家人坐卧不安。而现在的日子是这样富足，城里有三家公司，开发有两个楼盘。

听说我们要去李河村，他马上给老爹李如连打电话说一起回去，不想老爹六点钟就骑着三轮车回村了，说是找发小玩。我问："李春平，你不是有车吗，咋不让送他回李河？"李春平笑笑说："我老爹身体好得很。平时就在公园打打牌，没一点毛病。七八十岁了，能吃能喝，总要见老伙计，说见一回少一回。"又给老妈孔艳华打电话："换件干净的衣裳。"电话那头回得干脆："哎呀，我这身就干净。"车过洪城门，一位声音嘹亮的婆婆从房地产公司走出来，一点不像七八十的人。

一上车，李春平笑着对我说："我妈八十了，还刷抖音，新潮吧。"孔艳华说："咋，日子好了，要跟上时代。"接着，又拿起电话给女儿们说："中午都回李河，我们炖土鸡子。"说罢，眉毛都带着笑意。

我知道，从村里进到城里，再从城里回到村里，儿孙绕膝是她这辈子最得意最幸福的时光。

三

刚到老公社，李春平的电话就响了：有人要借一方沙。

他毫不犹豫："去拉去拉，说啥借。"院子里几个木匠师傅制作会议室桌椅，吱溜吱溜地刨着木料，像唱着欢快的歌。

几日不见，老公社变化大呀。

西南角的图书室已修葺一新，挂满红彤彤的灯笼。这里是作家的创作基地，创作室、休息室、会议室应有尽有。

我笑着问李春平："谁是下一个赵树理呢？"

李春平抱着双肘思忖一下说："肯定有。他一定是一个风趣幽默的人。"

我问李春平："你家有老房子吗？"

李春平说："有。"

在公社旁边的香椿树下，保留有一座大门楼，几段土坯墙。站在土墙跟前，黄土黑瓦散落一地。"哎，土窝窝再差，也遮过风挡过雨呀。想想七十年代，吃大锅饭，家家都不容易。"孔艳华说着，又叹口气，"那个年代，娃子多，靠挣工分换口粮，都吃不饱。大人下地干活，家里都是大的抱小的，没人照顾娃子们。"

土地里生不出黄金。孔艳华为换点零花钱，就偷偷去卖鸡蛋。李春平没有人照看，就寄养在河南玉皇的姥姥家。姨父是玉皇小学的校长，巴望着能扯着人家的大布衫跳农门，可到底，指望别人也不是个事儿，人家也是家大口阔。一个时期，人可能注定就是个土命，离不开农村。李春平读不起书，就跟着老妈一起贩鸡蛋。从玉皇到石花，不是徒步就是搭公共汽车。

1988年，李春平一个人赶到石花，收了四百个鸡蛋。那一天，他赚了七块钱，这是他人生的第一桶金！那天晚上，一进家门，李春平一直笑："妈，我赚了七块钱。"孔艳华心头一紧，十五岁的儿子能挣钱了！她欣慰地对儿子说："春平，天底下，饿不死勤快人。"

"李河村，我们还有一处房子。"还有房屋？我有些诧异。李春平又带着我们向村子的东南角走。村子里路修好了，实现了户户通。路上，不少热情的村民打招呼，家长里短。我们去的是一院三开间的红砖瓦房，外搭一间厨房。早已不住人，院子里落满了枯叶，只有几棵月季还顽强地活着。一只老母鸡带着一群小鸡在树下刨食。李春平说："这是把家里牛卖了一千五百块，买三轮去彭桥贩猪盖的。"

那个年月，从彭桥拉猪到老河口，头发上都结着冰碴子，李春平却觉得心是暖和的，日子有奔头。为了让车子不放空，又从大进公司、磷肥厂、橡胶厂拉煤渣到洪山嘴砖瓦厂。砖厂结不了账，便拉砖到乡镇上卖。我问李春平："你的汽车修配厂和房地产公司就是这样发展起来的？"李春平嘿嘿地笑了笑说："一车煤渣才挣十几块钱。车子跑得勤，修理费是个大头，你不自己修，弄不好还亏本。砖要卖出去，又得帮人家盖。小本生意都是东挪西借，慢慢攒起来的，没有钱是天上掉下来的。"

1991年，是李春平人生开挂的一年。这年，他结婚了。尽管婚房是租的，家具是赊的，但他觉得好日子来了。他的砖，卖遍了老河口十个乡镇，再苦再累，只要一回到出租屋，他睡得就是香的。老妈孔艳华在大东门卖炸馍斤儿补贴家用，让他没有了后顾之忧。十一个春夏秋冬，他脱了一身皮，长满一脸皱纹，终于在老河口航空路买了一套属于自己的房子。有老婆的地方才是家，李春平说："人啊，一辈子没得安逸的时候，老婆娃子热炕头，才是你的加油站。"

走出这座院子，隔壁的大姐迎了上来。神色歉疚，不好意思地说："厨房堵住了你家的门。"经过岁月的磨炼，李春平豁达了许多："堵就堵吧，反正我们又没住人，没事没事。"我问李春平："这三间房打算怎么办？不能一直荒芜吧。"

李春平扭头又看了眼铁皮做的院门，坦然地说："有贫困户搞养殖、种蘑菇，我免费给他们用。"

四

我们去伯阳书院。

路过作家巷，幽幽静静，蜿蜿蜒蜒，短墙黑瓦，一书一像一名言，很是气派。其中，巷壁上就有老舍写的《老河口》：城里是田，城外是田。一片儿玉米，一片儿蓝靛，静静的城垣，把绿的风光截成两段；身在城里，还疑是郊园，怎么不见稠密的人烟？国破山河在。中国人站起来了，富起来了，将来更要强起来。我们用什么改变自己的命运：耕读传家。

李春平吃过读书少的亏："当一个大项目交给自己的时候，不懂规划，不懂设计，不计成本，只得给别人打下手。有智吃智，无智吃力。自己搬砖磨得手破血流，搬麻包累得两腿打战，装砂石装得腰直不起来。"他深深地知道，自己的生活是用血汗硬扛过来的。妻子支持他，深知挣钱就是为娃子们多读书，读好书。李河村有多少子弟在外卖苦力，受白眼，忍受生活的煎熬，这种日子不能再有。李春平回来建设书香李河，从老公社的修复，到伯阳书院的兴建，从作家巷的打造，到耳湖公园的美化，妻子无怨无悔，绝对支持。

伯阳书院是一座古朴典雅的四合院，门口有两棵榉树。书院两丈见方，飞檐峭壁，是老李家的书院，是《道德经》的影子，是一代人的情怀。

院中有一棵皂角树，有人要砍了去，有老先生说：留下吧，让它洗去李河人思想上的灰尘。一个人能不能中秀才，这里是一个标杆。

一路上，有村妇懵懵懂懂，看见李春平，凑上来说："我、我们家，我们家的厨房有积水。"说着指了指自己的脚，似乎水都淹住了她的脚。她耳朵有些背，李春平大声说："今天下午，排水沟就挖好了。"她又指了指院墙外栽的风景树，怕有人爬树翻墙入屋。李春平又将双手在嘴前做出喇叭状，说："风景树不碍事，你实在怕，我们移走。"她笑了笑。同行的同志说："她叫何金蛾，是个典型的贫困户，村里对她有求必应。"

这几年，李春平带着耕读李家农业有限公司回村，尽管有这样那样的小插曲，但路直了、景美了、村靓了。来李河打卡的游客络绎不绝，农家乐开了好几家。耕读李家农业有限公司在村北村南流转土地二百五十五亩，吸纳贫困户就业十九人，直接为农户增收十五万元。李春平当初回乡，先是包了村头的一块地种植山桐子。这种少见的树木是用来榨食用油的。因为生长周期长，李春平考虑成本，先期投资四十五万元套种中草药。今年的雨水好，他又去安徽亳州取经，新引进名贵中药何首乌，长势一天一个样。

在李春平和公司一班人的引领下，李河村不少外出青年回归，已建成李子、石榴、艾草、山桐籽四大产业基地。

五

耳湖滩涂，过去是一片鸡扒地，现在却成了村民公园。

小桥流水，亭台楼阁，鸟语花香。李春平提议去看看牡丹花移栽得怎么样了。穿过一片树林，花圃已返青，楠竹已成活，溪水已潺潺。看到这些成绩，李春平背着他局促的双手介绍道："耳湖还要进行清淤，要让过去大片的香蒲滩精致起来。哦，我才想起，老公社院子里早已备好两条游船。"我说："好想法。游客可以荡起幸福的双桨，争渡、争渡，惊起一滩鸥鹭喽。"

李春平高兴地说："从李河村跳农门进城，再从城里回村，感觉完全不一样了。过去，我们是全村最穷的一家，不是最穷，也是揭不开锅。现在，不仅自己富起来了，而且还通过农业产业化带领全村致富，你说了得了不得。回到村里，建设书香李河，扶贫扶智，乡亲们拥护。虽然不是村干部，但是人人尊敬你。"他打算发展文化旅游、电商销售、果品加工，壮大村集体经济，目标两千万元。

是呀，透过李春平走出李河脱贫致富、又带领公司反哺扶贫的故事，我体味着"致富思源，忆苦思甜"的哲学价值，掂量着中国改革开放和脱贫攻坚战略的重大意义。特别是一大批从领导岗位上退下来的党员干部，他们战斗在扶贫一线，用亲情唤回一批又一批能人回乡创业，功不可没。

四月春雨，李春平一家团聚在一起，感念祖先的村庄。我也有幸搅了他家勺子把，添了一双碗筷，吃了他家的土鸡，感受他家向上向善的力量。在这座曾经的乡政府里，除去二十世纪六十年代的桌子板凳，还看到一副匾联："惟读书可以使人敬，惟耕田可以不求人。"写出了一辈人深深的家乡情结，让人瞩目。

菊潭行吟

去菊潭，得有三看，看景、看衙、看戏。

一景，即菊潭秋月。

菊潭，在西峡县丹水镇南部菊花山下，又叫菊水潭。县因潭而名，是谓菊潭县。每年的秋天，山崖上的野菊花飘落潭中，经过长期的浸渍，水可入药。

宋时《本草图经》记载："菊花生雍州川泽及田野，今处处有之，以南阳菊潭者为佳。"一代医圣李时珍考察后也说："又有夏菊、秋菊、冬菊之分。大抵惟以单叶味甘者入药。"他所说的甘菊，就是菊花山的小白菊。

山风习习。我们去菊潭，碰巧遇上南阳天隆集团在改良嫁接，让它的保健价值又一次提升。山坡上，菊如稼禾，一行一行地排开，漫山遍野。有花农背着竹篓正在采摘，有几个小伙子来了兴趣，帮忙摘了起来，还胡诌：采下最后一抹夕阳，我们满怀喜悦，满载而归。那里的花农说，已连续二十五年举办菊花节，让菊花搭台，经济唱戏，不简单。我想，菊潭的菊之所以出名，与这里独特的地理环境有关，亦南亦北，光照长、水分足。

泉水潺潺，菊香潭碧，确实是一个雅致的去处。有人写：浩荡李青莲，清狂孟襄阳。当时各到菊潭上，风流对酒酣壶觞。不过，后周显德三年（956年），菊潭并入内乡县。元大德八年（1304年），城邑又由西峡口迁渚阳镇，即现在的内乡县，菊潭古治。解放后，西峡从内乡分出，便是西峡县。

一衙，即内乡县衙。

我去寻访它，是一个雨天。淅淅沥沥，一院灰色的府第掩映在民宅中，看不出有什么特别之处。但当走到一个巍峨高大的牌坊前时，心里不禁生起威严来。

古人讲究建筑法式，县衙均按衙署坐北面南、左文右武、前衙后邸、监狱居南的礼制而建，从照壁，到宣化坊、仪门、堂殿、戒石坊、馆阁、监狱、吏舍，一应俱全。据说，明末曾受李自成损毁。清咸丰年间，又被捻军朱中立焚烧。眼下的建筑，是光绪十八年（1892年）知县章炳焘重建的。

这个章炳焘，是浙江绍兴人。本是县学廪生，因参加顺天府乡试，连考了三次都没能考上，就靠捐纳走上了仕途。光绪十八年，蒙河南布政司补缺，方任内乡县令。章炳焘这个人好工，有一番工匠手艺，始因工而名，又因工而罢。初来县衙破敝，遂着手修复，历三年而成。章知县除修县衙外，尚修了四大城门，亲题写十匾，"北接嵩邙""南通襄楚""东襟白水""西带丹江"……一时蔚为大观。

离开内乡后，章炳焘曾任临颍县令。仍行劝捐筹建学堂之事，得罪了豪绅，被告官罢职，落到卖字筹款度日的地步。他曾写扇联"布衣暖，菜根香，诗书滋味长"。按理说，章炳焘算是个清官。

行走这座县衙，我不断地问自己，如此有德政的县衙，怎么就垮掉了呢？

真是百思不得其解。有一天，我看到一本光绪九年（1883年）的《光化县志》，卷三赋役载："原额人丁五千四百五十五丁，派征丁银一千四百一十九两九钱二分七厘，康熙四年除奉文豁免运夫二十五丁，银六两五钱七厘。又除逃亡人丁三千九百七十一丁，开除丁银八百九十四两一钱八分八厘。"读着一分一厘一毫的文字，我恍然大悟。官俸、役食、祭祀、廪膳、耗羡、养廉银、赋役多如牛毛，都闹到老百姓不得不逃的地步，县衙怎能不垮？

"衙斋卧听萧萧竹，疑是民间疾苦声。些小吾曹州县吏，一枝一叶总关情。"千百年来，一个县衙确实不缺有良知的官吏，但关键是让老百姓没有活路的制度坏了，发了臭。

与戴君走到戒石坊，有人吟："尔俸尔禄，民膏民脂，下民易虐，上天难欺。"历史证明，老百姓不好欺负，你不给他活路，他就不给你活路。

一戏，内乡宛梆。

豫人多演戏，内乡也不例外。俗话说"桃黍（高粱）地里喊乱弹（宛梆）"，老百姓种地都在唱戏，更何况每逢庙会、婚丧、求神、还愿、庆寿，还有堂戏、社戏。在戏窝子看戏，那腔调、身段、唱词，算是一绝。

走进大堂，正表演呈堂过审，只见六个狱卒吼道："威武！"

一着罗裙村女哭哭泣泣地进来："大人，小女昨晚独自在家，不想陈三竟羞辱于我。"

"大人，小的冤枉。小的昨晚去借发面酵子，不想受到误会。"说完，一农夫模样的男子扑通跪地。

县太爷一拍醒木嚷道："小翠，陈三欺负于你，有何证据？呈上堂来。"

"大人，昨晚他，他，他撕下民女的裙袂。"一个簸箩，有人端上罗裙。

"冤枉啊！小的昨晚受母亲嘱托，去邻居家借点酵子蒸馍馍，不想天黑，蔡翠开门受到惊吓，撞个满怀，奴才不小心，才一脚踩掉了裙子。"接着回头寻人，"有我母亲作证。"

"带老夫人上堂。"

一来二去，戏演得有滋有味，观者啧啧称道。

"不求当官称能吏，愿共斯民做好人。"看着这样一出戏，我觉得做一个好官，确实不易。金代的内乡县令元好问有诗："桑条沾润麦沟青，轧轧耕车闹晓晴。老眼不随花柳转，一犁春事最关情。"人人都该到庄稼地里走一走，揣忖一下老百姓的甘与苦。

走菊潭，它像一个岁月老人，述说曾经的沧桑。

随州杂记

这个年月，看桃花是时髦的事情。看了桃花，日子就过得像世外桃源。大洪山下，是炎帝故里，农耕文明的发端，自然要去看的。朋友说，最娇美的桃花在尚市。一山接一山，一谷连一谷，花簇拥着房，房点缀着花，就像一幅山水画。

上午十点钟，从安居镇下高速，就见一片片黄灿灿的油菜花，一方方脆白白的稻茬田，一练练明晃晃的清水塘。车子一路向北，桃花便星火般冒了出来。越往里走，车子越来越多，排成了一条钢铁长龙，从山脊蜿蜒到山坳处，又拐进山背后。桃树不及半人高，一坡一坡的，小小巧巧，像宫廷里撑着胭脂伞的宫女。

除了看桃花，我去大洪山还有两个原因：一个是想看一下洪山寺，听梵音袅袅。寺是深圳弘法寺的印顺大和尚筹资修建的，印顺是我的高中同学。另一个是想逛一逛李秀才的东园，读一读《昌黎先生文集》。毕竟贫家出英才，东园是欧阳修借书的那户人家。欧阳修在我住的城市做过一年零三个月的乾德县令。一直以来，我觉得，他们俩不管出世与入世，都做了人生智慧的选择。

群金村口停满了车。有两三户村民的宅子就建在桃林的坡脚下，白墙黑瓦，天井院，高门楼。我们与神农架、襄阳、枣阳的朋友走散了，就在宅前一棵樟树下与村民聊天。几个少妇在奶孩子说笑。"建军去杭州两个月，你不想吗？""这鬼娃儿熬我一夜一夜的，顾得了他？"两个女人说过便吃吃地笑。娃儿边吃边瞄来往的游客。少妇说："奶还占不住你的嘴吗？"娃儿埋头就吃。吃饱了，就尿。那少妇熟练地扯掉尿不湿，娃儿露出粉嫩粉嫩的屁股蛋子。女人格外骄傲，是个小子。"哇哇"，娃儿一碰又哭，像吹响了集结号，奶奶急急从屋里跑出来，擦屁更衣，抱起嗷嗷地哄。

娃儿的爷爷站在远处，顾不上管。他站在路旁值勤，招呼着熙熙攘攘的游人。这老爷子剃着小平头，黑得像头牛，说话像反刍。我问他："一天，游客有多少人？"望着一路一路的车，他估摸着："万把人。"接着吐了口唾沫，拿脚尖一擦，扯了扯值勤的红袖章说："这地包出去，八百块钱少了。"我劝解道："一亩地八百块差不多，合作社打药、剪枝、采摘，成本也不少。"他又试着与站在路口的警察搭腔："八百块钱少了。"警察二十五六岁，不像种过地，似听非听，接不上话。老爷子继续唠叨："一棵树存果七十斤，一亩地收入也是两三千块呀。"有游客从车里探出头问："有停车位吗？"他干咳了一声："有！"

这桃园旁，是田舍人家。岗上，一个大舞台，一廊茅草亭，炒田螺的、炒花生的、炒黄豆的、炒油栗的、烤肉串、烤面筋、烤青椒的，人挤人，摊连摊，摊子一直摆到老槐树下，烟熏缭绕。老爷子愤愤地说："就是他们挣到钱了。"有村干部路过打趣："你儿子打工一个月七千块，这值勤十天千把块，还没得你的酒喝？"老爷子这才嘿嘿地笑："谁嫌钱多。"他知道，土地流转出去确实省心。人群中，一个五岁小女孩，像惊吓的小鹿，慌忙往妈怀里钻，女人只笑。小孩子一仰头，认错了人，赶紧挣脱出来，去抓妈妈的手。

已是十二点十分，随县作协的同志招呼去嘎饭。嘎饭，我不知道，上古时候，神农氏喝着涢河的水，是不是也这么叫。宋朝时，就有诗人刘过称赞道，"茶添橄榄味，酒借蛤蜊香""绝品宜春醉，新烹趁日长"。写得颇诱惑人。席上，冬藏的，有干豇豆、干扁豆、毛辣菜；春鲜的，有蒲公英、香椿芽、嫩藕带；腊味的，有涢水河的腊鹅、腊鸭、腊鱼。与襄阳比，它褪去了中原的大快朵颐，有了江南的色泽。与扬州比，它没有淮扬的小巧玲珑，又不拘周南的细枝末节。

随州的朋友说，泡泡青、拐子饭、三鲜狮子头、煎春卷都是比较有名的，尝过的人都说骚好。特别是煎春卷，外焦内嫩，香软不腻，别具风味。它还有一段故事：说是有一位妇人为陪相公苦读，先将面烙成饼，卷上糯米和荠菜，放在油锅里煎炸，饭菜皆宜，冷热可食，不耽误读书。随州人吃饭，酒足饭饱，爱吟诗唱和，一壮胆子，二亮嗓子。"一朵是花，两朵是海，三朵就是你的千媚与百态。"大公社时，不光吃饭，人们插秧时也爱唱。张三唱罢，李四接，李四未罢，王五一个泥巴砣子甩过来。歌声未歇，笑声不断。

下午，我以为要登大洪山，去的却是西游记公园。大洪山的厉山镇是炎帝神农氏出生的地方。《尚书》记载，"帝初耕于厉山往于田"，说舜在这里治水耕田。这公园建在大洪山的山谷里，一路下去便是女儿国温泉。左殿叫女王殿，右殿叫蟠桃宴。拐过山后，有一城堡叫招亲台。台上有一副楹联，上联是"登高台觅百年知己"，下联谓"抛绣球结万载良缘"。游客中，或许没有单身汉，也不好意思抛绣球，便搭弓射箭。越过凌云渡，有一处"七十二变动物园"，院内，孔雀、狐猴、鹦鹉、斑马、羊驼，本应放逐山林，纵横四野，却圈养了起来，一双双无奈的眼神，少了不少灵性。有同志为此找到理由，"书中鬼怪皆是神仙萌宠，园内动物多为妖怪原形"。

　　早年前，我去过江苏淮安的吴承恩故居，那是打铜巷的一处青砖民居。院内竹叶婆娑，摇曳生姿。扬州博物馆藏着吴承恩的一面扇子，是他游金山寺时赠沫湖先生的。扇面题诗为："十年尘梦绕中泠，今日携壶试一登。醉把花枝歌水调，戏书蕉叶乞山僧。"有人说，吴承恩在任新野县令时，游历过桐柏山的山、水、洞、寺，遂作《西游记》。也有人说，吴承恩仅做过浙江长兴县的县丞，补缺过荆府纪善，没有到过新野。无论谁是谁非，中国神话传说由来已久，就像《桃花源记》，"缘溪行，忘路之远近。忽逢桃花林，夹岸数百步，中无杂树，芳草鲜美"。谁又说不是呢。借唐僧取经，或借善洪和尚取经，采写神话故事都有可能。

　　朋友说，东园已毁，根本没有这座院落。看来李尧辅的园子是去不了了。

　　一路下山，我们去了随州博物馆。它貌似楚汉王宫，古朴厚重，四廊回环。一楼有曾随之谜，二楼有神农传说。展厅内幽幽暗暗，静得出奇，一个小男孩子问："这个怪兽是什么？"妈妈蹲下来，指着器皿说："它不是怪兽。是罍侯方罍，一个姓罍的人装酒的罐子。"又问："他们为啥要装酒呢？"答："就是后辈要敬前辈酒呀。过去，粮食收得少，酒更珍贵。人们就把最珍贵的东西孝敬长辈。""噢。"孩子似懂非懂。

我挂念那六十五件编钟是怎么来的。考古文献记载："吴恃有众庶，行乱，西征南伐，乃加于楚，荆邦既变，而天命将误。"说的是，楚昭王奔随，吴军追到随城下。曾侯乙以"楚随一向相好"为由，拒不交出楚王，楚昭王得救了。儿子惠王就铸钟镈赠予曾国，结世代友好。导游告诉我们，曾侯乙编钟就是楚惠王的馈赠礼品。在演奏厅，我们听了一回编钟演艺《春江花月夜》。丝竹声声，琴钟和鸣。伴随着仕女的优雅舞姿，礼乐时而低缓回环，时而激越奔放，时而悠扬奇绝，一派山水和谐。

由于疫情，听演奏的人不多。窗外，竹木清幽，布谷啾啾，人人心情释然，凡夫说："养这样一个戏班子，值！"

田野

在丘岗上，车子一上一下，就像船在浪尖上穿行。机械收割的麦田，像苏格兰裙，一块一块的，穿在健美的胴体上。香樟树像一个个回乡的青年，守护着那美丽的家乡。

车窗外，一位瘦瘦弱弱的老奶奶挎着一个竹篮，顶着烈烈的太阳，依旧执着地在麦田里拾穗。唯有黑黑的小狗，忠实地陪着她，吐着舌头，在身后紧紧地追。尽管一天的拾穗，磨不了一碗面。也许是少时饿怕了，她不想丢下一粒麦子，那都是一滴滴汗换来的。她不断弯腰，影子不断地被太阳拉得越来越长。

此行去一个村，又叫窝窝城。老李这个扶贫会长，却带着去看引丹大渠。老李是孟楼镇窝窝城的人。

1957年，刚满一岁，老爹一根扁担两个筐，一头装粮食，一头装娃子，算是进了城。有人问，你老爹是农民，咋会进城吃商品粮？老李把眉毛皱成一个川字，噘着嘴假装搞不懂。顿个两分钟，漫不经心地说："老爷子扛过枪跨过鸭绿江，爬过死人堆。"哦，人家抗美援朝，保家卫国，转业该安置嘛。下放那一年，几个街道的老婆婆找上门，要下放，转户口。老爷子蔫儿了，说："你们说下，就下吗？我们原来就是农村的。"老李的母亲急红了眼，说："笑话吧，我们老李头抗美援朝打美国鬼子，跳弹坑，躲枪子，脊梁骨都少了一截儿，你们老娘儿们在哪儿？老子们是伤残军人，是功臣，全老河口下完了，才轮到老子们。"

几番争吵，老婆婆们落了个一脸唾沫星子，最终不了了之。不过，1974 年，老李还是下乡当了知青，当时政策好，只要下过乡，政府就给机会招工进城。留着青山在，不怕没柴烧。老李十八岁，敲锣打鼓，下乡当知青，犁田耙地，上山砍柴，也就两年多，本想进城当工人，却阴差阳错地当了电影放映员，写海报，玩笔杆，一路平步青云，当了市里的领导，用时髦的话讲，叫"挥斥方遒"。

在引丹大渠的郝岗桥头，车一落轿，七八个人围着一块人把高的大石头攀谈起来。石头上写着三个红色的大字：花问渠。是老李的手笔，我们笑说这字叫"蝌蚪体"。谷城的客人问："为什么起这个名？"穿一身老头衫大裤衩的老李说："问渠哪得清如许啥？鄂北岗地，是乌龟不生蛋的地方，人们菜都种不成，吃辣椒拌饭过日子。"

1969 年开始钻山挖洞，从丹江引水上山。不巧的是 1972 年 7 月 1 日，遇上山洪暴发，雷电闪鸣，隧洞一下子淹了两千多农民工，六十七人失去生命。众人叹："哎呀，生命渠。"一群人顺着老李的手势往南看，一派绿油油的秧田，从黄土岗上不断冒出，大约有两百多万亩，支撑起一个百亿产粮大市。老李接着说："当时有个口号：立下愚公移山志，定叫襄北变江南。不容易。"

谷城人老周问："这桥下种的是啥树？鲜嫩嫩的。""樱花。四月份来，才好看，满目樱花谷。这几年，国家南水北调，丹江水位提高，丹渠引进法国开发署贷款，修起十一座电站，栽植窝竹、三角枫、红叶碧桃、樱花一百五十多万棵。一渠清水，两岸芬芳，游人如织。"老周打趣说："诗情画意呀。人人去三亚，真正的景儿在家门口。摇橹驾船向江东，美死了。"老李又引着大家上桥："这是国家决策好。"老周嗓门高了一分："啧啧，看！人家老李政治觉悟高，我们要学！"两个老头逗趣，一众游人都咧起嘴，像喝了蜜。桥头，有一幢火炬状的建筑物高高举起，上书：革命老区，袁冲。

老李恍若是个向导，挺着肚子说："这是老河口第一个建立党支部的村。当过蒲圻、武昌、黄陂三县县长的袁书堂，就出生在这个村子里。他的侄女袁震之，是清华才女，吴晗的夫人。桥下，有个河汊子，叫下四河淤，是均县、枣阳、襄阳、谷城、老河口五县暴动的旧址，有一院土墙的房子，是办贫民学校的地方。"

听说房子邻近的半坡上有一户人家，叫张天才，六十五岁，早年丧妻，是一个标准的贫困户，我们准备去看看。一进门，他家的院子里正置建农家乐，开办乡村商店。忙忙碌碌，惊得一院子的鸭子嘎嘎地叫。今天，他女儿从孟楼回家，悄悄地告诉我们："老爹还捡回一个年轻的媳妇哟。"这时，从屋子里走出一个女人，看不出脑子有问题，模样蛮俊。扶贫工作队对他进行帮扶，一方面，扶持光伏发电分红增收；另一方面，发展黑小麦增收。三年下来，连年都增收一千多元，去年，收入达到四千五百元。

　　站在大堤上北望，仿佛就能看见瓦城沟、陶岔，挖一铲，就能挖出一堆春秋的陶片来。附近的老农说："你们不知道，大周营、小周营、王湾，都是王家人。周武王的九儿子承阴，就封在这个地方。"窝窝城在水库的下沿，不是城，就是一个村庄，形若天坑。不知何年何月，迁来了老李家的人，繁衍生息。日本人来了，姓李的性子烈，村里筑起寨子，架起大炮，轰死他。老人、女人、小孩，躲进寨子，生火做饭，日子过得安稳。

　　从岗上进村，有一道缓缓的坡，叫鸭子坡，种满了红叶李。坡上有一座牌坊，一左一右镌刻着：田可耕桑可蚕书可读袭誉传家至宝，战则胜攻则取守则固文忠开国殊勋。说的是，大唐江南巡察使李袭誉和明代大督都府左都督李文忠的故事，按说都是陇西望族的子弟。现在，抵御外辱的寨墙没有了，只有一条壕沟，叫李河，老李起名为耳湖。为啥？老李说，李耳嘛。道法自然，人和事，都要遵从一条路，那自然规律。

　　谷城老周急急走到老李面前问："你啥都搞成老李家的，柴家户咋办？"老李狡黠地笑，"那就叫周湖呗"。凑巧，人群中有诗人，一本正经地写："一条河，从县志里流出，河水跟封面一样浑黄。拐过一个又一个村庄，被我的祖先收留下来，当作自己的孩子，取名叫李河。"有人一揣摩，有味儿。山桐籽是老李从四川金堂县引进的，榨的油可媲美橄榄油。老李看到山桐叶绿酽酽的，也不管众人，大步流星走向地中央，仿佛这就是他的舞台。

　　其实，这是返乡青年李春平的山桐籽基地。此时，正从耳湖抽水抗旱，弥漫着一层一层的水雾，清爽宜人，一棵棵的桐树像一个个孩子咕咕地喝着大地的乳汁。一随行的年轻人感慨地说：

"这一地的白术长得好哇。"

老李扭过头，瞪着眼佯装问："是鼠，还是猪？"鼠、猪、术，大家被老李的顽皮逗乐。此白术，非彼白猪。也许快中午了，太阳辣劲儿直上脑门儿，背上像蒸出了油。看到休闲广场初具规模，老李非常满意，喜庆上脸，只顾自己往前走，他说，这村口一定要有文化味，观景步道一定要错落有致，凉亭一定要起个好名字。坡上的人民公社，一定要修旧如旧，留两间房子，挂上"作家村创作基地"，让老师们安心搞创作。游人进院，他拿起一根竹竿，顶了顶毛草铺的檐瓦，喊："春平！春平！这是你投资的民宿。毛草要剪齐，底下要防水，绿化要加快。门口，得有个门卫。"春平点头。

刚走出院门，他好像又想起了一件事。一招手，喊来镇宣传干事、村第一书记柴春召，又问："写村史的老师们来了没？""来了。袁主任来了。"只见一个光头，智慧的脑袋映入眼帘。老李说："要舍得下功夫，多找在村里工作过的同志访谈，找年岁大的村民聊天，找在外的成功人士讲故事。人文地理、民俗风情、文化景观，都要有。缺钱吧？镇上宽裕，就支持一点，要不就组织社会捐赠，我捐个五千块钱。"老李说到底是个文化人，爱读爱画爱唱。

在知青点罗湾，他建青年书屋。在窝窝城，他建伯阳书院。他的初恋在农村，是大队书记的姑娘，人家看不中他是个穷小子。黑夜月亮当头，他就跑到黑营水库上唱："东山上那个点了灯呀，西了山上那个明。一马马那个平川呀，亲妹子瞭不见个人。你在你家里得病呀，我在我家里闷。秤上的那个梨儿呀，亲妹子送不上个门。"

我们问，你心上那个罗家的银环，最后嫁给了谁？他说，到襄阳了，也是一个平头老百姓。

中午，在农户家吃工作餐。羊肉汤、土鸡蛋、红薯藤、老黄瓜、马齿苋、风干鱼，全是窝窝城的乡土味，得劲。老李回家有面儿，一个精瘦黑脸的汉子歪歪扭扭地过来敬酒，两眼放光，站住就喊："爹！我敬你一杯酒。"

年纪相仿俩老头，六十挂零，本该称兄道弟，一个却喊"爹"，让谷城人老周直乐。这也喊得出口。

老李虎脸嘟嘴使眼色："敬啥敬？把工作搞好，给村里做点实事，把香菇、艾草种好。"

精瘦的汉子嘟囔道："黄牛角，水牛角，各是各。反正你表示，我喝起！"见这阵仗，老李笑了，这娃儿就是实在。

谈笑间，老李得知村里已建起养殖专业合作社两家、大型养鸡厂四家，养羊户六家，艾草、突尼斯软籽石榴、山桐籽、香菇基地四个，脸上挂满笑，稳稳地站起来对老乡说："你们是大美乡村的功臣！我敬你们。"老李爽快，乡亲们堆满了笑，像六月的栀子花。

吃过了饭，老李与老周几位老朋友紧一句慢一句地谈论着古城，谈下乡的趣事。恺弟从车轮上抠下了一支麦穗，严肃地对他说："外公，你要给农民伯伯道歉。"老李笑了，说："外公没看见，不是故意的。"恺弟不吃这一套，"你知道农民伯伯好辛苦才长的麦穗吗？"老李有点感动，点点头说："外公错了，一定给农民伯伯道歉。"

他们叙旧，谈着从土地里长出的人生，我一个人在这村村巷巷里游走，古色古香的院落，一湖一亭一书院，沁透着一股股文化的幽香。两只彩色的锦鸡在槐树下啄食，几只家雀在村道上自由放肆地跳跃，倏地掠过檐脊，飞向属于它的田野。

斯人

SI
REN
SI
SHI

斯事

朱　芒

不曾想，一条小街，也能改变一个人的一生。

街如月状，冲积而成。它不似县城的方方正正，却有着商埠的随性自由。走过沿河的街，犹如一根扁担，挑起一轮檐梢弯弯的月亮。三两桅杆，一溜一溜的黑铺黑瓦，简单而平静。一日，来了一群从徐州退下来的军人，茶馆林立，杂耍四起，琴弦不断，街市便人声鼎沸起来。

那一年，朱芒十一岁。他张目四望，在这南来北往的人群中，捕捉到不少东西。人们天天排戏、集会、绘画，朱芒大开眼界。这个时候，他开始审视自己，潜心学习，舞文弄墨，描摹老街的故事。街南，叫酂阳，是秦汉时的称呼，建有萧何的食邑。街北，唤光化，是大宋王朝老赵家的喊法，屯有光化军。

有了一番绘画手艺，朱芒胆大起来。按他的说法，叫瞎跑，不知道子弹长没有长眼睛，满世界新鲜。二十出头，就参军打仗，过淮河、渡长江、到上海，"打过长江去"！走到哪里，标语就刷到哪里，如他的人生，浩浩荡荡。战乱的年代，毕竟读书少。战事一结束，他转业回乡，在老街的文化馆谋到一份差事。上山下乡，画了不少《红灯记》《花木兰》《刘海砍樵》的海报，日子过得还算安稳。

但是，人不可能一辈子走运。朱芒爱画成痴，点石成金，难免遭人嫉妒。就算不得罪谁，也有人觉得，他就是一根刺，欲折之而后快。一日，他被一纸诉状，打成右派，送往三同碑。

农场接受再教育。知识分子脾气倔，朱芒欲辩驳，落到的是鼻子不是鼻子、脸不是脸的一顿呵斥。无奈，他只有丢了画笔，拿起镰刀，春种秋收。几番折腾，朱芒磨炼成一个犁田耙地的好手。

又一日，街上有人说，满城大老粗，不识一个字。便问，听说有一个叫朱芒的人，能写会画，是不是还在。一通电话，他作为特殊人才，算是回了城。十年光景，家里一贫如洗，朱芒只有靠借钱度日。儿子长大了，家里没有余粮，他就向戴子腾借。来了客人，家里没有被褥，他就到社区去赊。

他很少交际，我们就住在同一个院落里，却没有说上几句话。就是在街上遇见，他也无暇四顾，急匆匆地向前，像是要去会见什么重要人物。起初，我见到朱芒时，总觉得他是一个被岁月侵蚀的古板的人。他的言谈举止，让你怀疑自己的判断。那个戴着一副眼镜、一顶假发，拥有清瘦个头的人，是否就是他本人。

与他熟识，多亏了徐州人戴一龙兄的引见。听着他颤抖的声音，我才确信，朱芒竟是此人，八十有七。戴一龙的父亲戴子腾、王小军的舅舅王寄舟，都是台儿庄战役后，随着南下的人流落户在老河口的。李宗仁爱才，组建文化宣传队，戴王二人就在宣传队工作，戴子腾排戏，王寄舟作画。少年的朱芒对此感到十分新奇，遂成了文化宣传队的小队员。起初，我把戴子腾、王寄舟、朱芒列为一辈人，为此戴一龙专程从上海来信，说朱芒是其父的学生。

时间长了，你来我往，才知道朱芒是一个骨子里执着的人。从1983年起，他开始涉足对第五战区司令长官李宗仁的研究。朱芒走访各界群众，获得不少鲜为人知的历史真相。他上四川、下武汉，攀凤凰山，登云台山，真有一股韧劲，搜集了李宗仁智擒阎积德、三劝别廷芳、禁毒建医院、礼送臧克家的故事。

与朱芒闲谈，我佩服他游历江南，从军从文，是一个熟识世态炎凉的人。他却委婉地说，他们这一代人背负的东西太多。话是这样说，他依旧执着于抗战文化的挖掘：与一帮民间文化人，寻找《阵中日报》；去信美国，撰写《飞虎情》；赶赴李家寨，寻访抗日烈士程德礼。一老一少，话如绳麻，一茬接着一茬。尽兴时，他将我引到了他的书房，横七竖八，堆了一床的资料，说正计划写一个剧本，又说天气暖和时，再为我作一幅画。我不知道，在颐养天年的岁数，这是一种什么精神。

不几日，我在街口遇见王小军，他说要去蛮子湾送朱芒。我虽心里知道，生老病死，这是自然规律，但还是十分惊诧，这消息来得太突然。昨日，他还耸着肩，在路上急匆匆地走，今日，这个痴迷文化的人就走了。

陈义文

我与陈义文不熟。

不是我不认得他，是他不认识我。自从他成为木板年画国家非物质文化的传承人，他见的官员、艺术家、拾穗者便多了起来。谁谁见他都说，"我是去年冬天，拜访过您的某某""我们请您刻过米公祠"，似乎都是熟人，惹得老爷子恍惚记得一般，像小鸡啄白米，一个劲儿地点头。

一众人，见到他和他住的巷子，一番游览，总啧啧称道，"一刀镌刻子午线，七彩染成乾坤图"。说他住的巷口，有一个通惠渠，渠上有桥，仿佛比苏州的枫桥还厉害。其实，巷口根本没有桥，更没有渠，但有人仍在拐弯处立一石碑写道：通惠渠遗址。这通惠渠是清代光化县城的护城河，能沾上皇家的贵气。社区叫拦马河社区，说明末有老农拦住了李自成的军马，救了一方百姓。还有人敲破锣说，化城门外过去有个骡马行，谐音叫成拦马河。不管过去有没有，现在就有了。这里，是一个文化宝地。

我佩服有些人的造神能力。

第一次见陈义文，是一帮文人朋友叫去的。二楼一间会议室，挤满熙熙攘攘的人，看过一部电视片，白发老者、壮年汉子、窈窕淑女，都发出了重拾夜明珠般的庆幸。因为小时候我家也贴门神，所以没有觉得它有特别之处。不大一会儿，下楼，去看陈义文老宅。距会议室约五十米，一群人，人挤人人挨人，我没有机会进屋，也没有见到陈义文。只见到了一幅幅年画镶在墙上，"一团和气""麒麟送子""百年好合"，门口一窝竹子，倒显得有些韵味。

一个夏天，在镇上任职的一个学生给我送来几件年画的文化衫，我才知道，他们正把年画产业化，应该是一件好事。可我觉得，若打造年画一条街、一个村、一座城，再发展特色旅游，让人气聚起来，把年画变成馈赠的礼品，不失是一个好路子。后来，我听说，陈义文也是一个凡夫俗子，不是神人，爱喝点小酒，听点小戏。祖上老三代都是刻制年画的，这年月卖年画不吃香了，好在老爷子看淡风云，什么产业不产业，过得悠哉乐哉。

洪斌是陈义文的孙子，在友谊路开一家装裱店。我也住友谊路，与他对门。他的媳妇陈丹见我，总要笑谈一番，说我像一个人。我问像谁，她低头不语。如此，过了一些日子，我们熟识了，她才说，像她的姐夫，尤其是走路的姿势。哎呀，我白捡到一个亲戚，还是年画的传承人。

一日，洪斌说："奇了怪。"我问："怎么回事？"他说："爷爷家门口长了一棵木瓜树，与原来院子里伐的一棵一模一样。在老家河南社旗，也有一棵。"我说："这是你们家年画手艺的传承，投之以木瓜，报之以琼琚。"由于好奇，他骑摩托车驮我去看木瓜树。一路北上，去到那通惠渠的巷子里。年画工作室已修葺一新，门口除了窝竹，还有几株柿树。洪斌指着柿树中的一棵说："看！"不知啥时候发了一颗种子，竟长了两米高，树腰分杈。又上楼，找到伐掉的木瓜，也是树腰分杈。我说："这可能是基因的缘故。"

这一次，我见到了陈义文。他虽已上了年纪，但精神矍铄，耳不背不聋，一双剑眉，像刻在年画里的人。老人热情让座，我点头致意。一番寒暄，我发现，在案上，竟写有一条一条一指宽的毛笔字，"黎明即起，洒扫庭除""善欲人见，不是真善；恶恐人知，便是大恶"。你爷爷除了刻板，还写字呢？我问洪斌。洪斌说，这是他雕刻《朱子家训》时写的，六百三十四个字，是他一刀一刀刻出来的。这个老爷子，真还有个韧劲，朱红的底板，满满一墙的字，让人看到耄耋老人对子孙一腔的厚爱。我说，爷爷是个真性情的人，洪斌笑着应承。

过了两个月，在太平街的大宅门拍《中国影像志》，我又见到陈义文。花白着头发，穿矮领唐装，手攥一个麻色手提袋，竟是骑着人力三轮来的。几位女画家赶紧上前搀扶，走过一座小拱桥，在一张方桌前坐定。师徒几人，研墨铺纸，又一次描画着他的人生。

这幅画，就像他的印章一样，苍劲有力，是唯一的。

何　乐

人，无论怎样被温暖，总会挂念一个失去温暖的人。

我想起了何乐，高高的个子，清瘦的脸庞。他在公园门口安营扎寨，一顶礼帽，一架电子琴，一个马扎，是何乐所有的行头。

他不打把式，不卖艺，恍若一个活在旧时代的人。

他高高直直的脊背，匆匆不羁的步子，沉默无奈无助的表情，靠卖歌页过活儿，就像一个历史的音符，吹奏着老街的酸甜苦辣。

襄阳的郑浩先生，有一篇文章《何乐》颇为经典。他写何乐拉板车，是这样描述的：身穿对襟汗褂，肩披蓝布战带，敞胸露怀，弯腰弓背，曳着小山一样的板车，一步一点头，艰难地拖动车轱辘。纤绳深深地勒进肉里，汗水顺着头发流到胡子上，凝成污浊的汗珠，晃晃荡荡，满脸都是。遇到上坡，别人拉的板车总有人推一把，可他属于"五类分子"，众人见他像见瘟神，躲避都来不及，无人敢帮他。

文化人毕竟是文化人，即便是拉板车也拉出和别人不一样的地方。挣了几个钱后，何乐买了一头毛驴，套在车把前，帮他曳梢，省了他不少力气。出车前，他把乐器放在板车底板下的筐里。空车回程时，他让毛驴驾辕，自己从板车下掏出乐器，站立板车上，号间一响，尽是世界名曲。

郑浩说，名人大凡分两类，一类是好人，一类是坏人。不管好人坏人，基本都是有些本事的人。何乐属于哪一类，实在不好说，时代不同，标准不同。拿二十世纪六十年代的标准衡量，何乐肯定不属于第一类。

何乐的父亲何风藻年轻时在上海从事证券生意，后来回到老河口任春大公司老板，与其爷爷一样经营煤油、香烟生意。母亲徐文兰，亦出身于富贵人家。外祖父徐耀先曾任商会会长，舅舅徐慎升，日本早稻田大学毕业，后来定居加拿大。

爷爷何瑞芝七十岁时，在"三反""五反"运动中，面对急风暴雨的斗争浪潮，被自己的"历史问题"吓死了。划定成分后，父亲何风藻则成为四类分子，从此资产散尽，生活陷入困境。昔日名噪古镇的大老板，沦为卖茶叶蛋的小商贩。

何乐，不出意外地当了一回"历史反革命"和"右派"。没有人同情他是什么南京国立剧专毕业，参加过解放军，是中南军区政治部乐团演奏员。他的家庭出身和不合时宜的言论，成了一把枷锁，不可避免地罩在头上。很自然，被遣送沙洋农场劳动改造。

1962 年，何乐回到老河口，像不少有同样背景的人们一样，干起了拉板车的行当。

一日，郑浩在街上遇上何乐，问他："他们没给你个结论？"

何乐说："有啊。他们说，抓你是对的，放你也是对的。"人生无常，我欣赏他与自己和解的态度。

我与何乐的交际，缘于他出版《老河口老码头老故事》一书，没有印刷费，我就厚着脸皮找几个朋友，帮了他一把。当然，他是不认识我的。一日，我路过他的摊点，见他散列着几本书，依旧买了一本，二十八元。钱货两清，正要离开的时候，何乐提出要签字。我乐，他也乐。他笑着说："以后，何乐两个字，你就见不到了。"拿过书，何乐签的是何乐的拼音，"hele，2015.10.02"。何乐嗓门大，没事就喜欢与故交打电话。某日，他致电谐翁："守成呀，你知道蓝莓的土话叫啥吧？"谐翁不知，他哈哈大笑："叫猫头脸哇。"

2019 年 3 月 12 日，何乐吃过午饭，一头歪在厕所里，悄然离去。在告别仪式上，谐翁让我说几句。有人说他是出身于买办家庭，我没有听从。我静静地说，他是一个热爱文化的老人，勤俭一生，节约一生，舍不得吃舍不得穿，省下的每一分钱，都想供孩子们多读书，巴望着儿女过上好一点的生活。他的一双儿女哭了。

整整九十岁。何乐，其实是一个不向命运低头的人。

郧阳府，山连山，放排放到鸳鸯滩

去年冬天，我和几个朋友去方营移民新村看一个叫曾富兵的汉子。

车在新修的光化大道上跑过了头，附近一溜的厂房把他们的移民新村掩盖起来，不留心，还真找不到。几年不见，变化太大了。

迎着风，大老远就站在大门口，笑呵呵地等客。门口钉着一个电商牌子。经过一个秋冬扎实阳光的照射，他脸黑得像个黑金刚。

他，是前几年认识的。那时，我在南水北调方营村的移民安置点做一个移民调查。他是村民小组的小组长。

我说，两天没见，你结实了。有几亩地，得养家糊口，不结实还不行。

"我们长岭好哇，那是看山不转山。"这黑脸汉子一边倒茶，一边夸自己的老家。他说话傲气、率真、爽快，张口就来，没有一点拿腔拿调。见到老朋友，这脸黑得像炭球的人不知从哪拿出一张照片。"长岭就是山清水秀。"一个山头上，一座红砖房掩映在树林中，老婆、孩子在门口留影。他指了指房檐下说："那檐下的河，就是汉江哇。"

他老家是郧县的，长岭是他老家的村名。

"方营也好哇。"我笑道，"你没有听过半瞎子吊三弦：'郧阳府哩，山连山，个个山头，出好汉。采木耳，砍竹竿，放排放到鸳鸯滩'……"这鸳鸯滩就是老河口的鸳鸯滩。"鸳鸯滩的货堆山，街道长到长上天。"方营离热闹的码头有十几里，人们都认为能住在老河口码头的街边，是一辈子幸运的事。你看看，一排排小洋楼拔地而起，一座座厂房鳞次栉比，一片片油牡丹绿满大地。

听到这话，他的眉毛挤成一条欢快的河。"长岭、方营本来就是一家亲。那年搬迁落户时，敲锣打鼓，端茶递水，引火架煤，安家落户。想种地，帮着下地；想上班，就荐到自己的厂子里上班。真是好。"

掰开指头算，八成的移民在这里找到事做。听说这方营村在民国时期是国民政府第五战区炮兵的驻守地，也是出好汉的地方。

2010年，南水北调中线一期工程移民工作启动，郧县茶店镇长岭村被确定为全镇首个搬迁村，十二组的村组长曾富兵没有二话，他知道国家的事儿大。于是卖船卖牛卖粮，背着老母亲，抛家舍业。临走时，真舍不得从小摸爬滚打的地方，他就挖了一捧土带到新家。随着轰轰隆隆的车响，离开了"看山不转山"的山野，落户方营。

俗话说：到哪座山上，唱哪支歌。这些年，迁入新家园后，曾富兵和移民们调整心态，入乡随俗，哪家有事帮哪家，哪家有急解哪家的急，迅速投入到新的生产生活中，移民村涌现出一大批带头致富、带头创业的好苗子。他多方奔走，牵线搭桥，呼吁东风公司客商到方营村投资，发展汽车零部件、农产品加工业，提高移民收入，拓宽就业渠道，移民新村成为新农村建设的示范村。

坐在他家门口拉家常："现在日子过得怎么样？"一脸黑瘦的曾富兵感慨地说："儿子结婚了，在隔壁的汽车机械厂上班，一个月四千多，很好啦。既能搬迁脱贫，又能把水送到北京。日子过得还行。"

我说："你是深山飞出的金凤凰哟。""哎呀，我平头老百姓一个，南水北调中线工程三十四万人呢，他们的故事更感天动地。"隔壁的赵大妈也跟过来插话，"富兵能干，是长岭的实在人，方营的老好人。跟着他，我们信得过"。

"我是领头的，没办法。"一提起村里的事，他摇头，彰显出山里人的坚韧。说着说着，这黑脸汉子挥挥手，点上一支烟，"都是些陈芝麻，烂谷子，不值一提"。望着眼前的几亩地，又悠悠地说："老百姓选你当干部，就是让你给人家办点好事。搬迁的时候说过，让人家过上好生活。我们山里人，讲信义，吐口唾沫，是个钉。"

让老爹移个窝，就挪吧

一晃十年过去了。

聊起一衣带水的长岭和方营，曾富兵无限感慨。"别看长岭是山区，可是吃喝不愁哇。"看着移民村眼前工业区的大道，曾富兵喝了一口茶，又看向天上的云。"那个日子，村里的群众工作做通了，老爹却永远地走了。可谁又不挂念生自己养自己的山山水水呢？长岭村的移民们舍不得世代栖息的故土。"

事实上，都在汉江边。只不过，一个在上游，一个在中游；一个在山区，一个在平原。

我知道："故乡啊，是一个人内心最柔弱最眷恋的地方。"曾富兵打开话匣子："有的拿着尺子，在自家的地里量了又量，东到四道沟，西到长岭滩；有的把自家的衣柜擦了又擦，这是1980年大包干用卖粮的钱打的；有的在门口的碾盘上坐了又坐，三岁时抱着奶奶的腿磨过米。"

搬迁时，父亲病故。七年后，父亲迁坟。我问曾富兵："富兵哥，父亲的坟迁了吗？""迁了。还能不迁吗？迁了四年了。"

人，没有长前后眼。曾富兵从长岭搬出七年后，郧县划为十堰市郧阳区，留在长岭的大哥给富兵打电话："长岭村要建影视基地，父亲的坟在征地范围内，迁不迁？"富兵说："现在山区老家发展不容易，影视旅游是朝阳产业，该出把力，就出一把力，让老爹移个窝，就挪吧。"

他父亲，上十堰摆摊，下汉江捕鱼，奔深山砍柴，赴荒滩犁地，一辈子穷扒苦作，为兄弟三人添砖加瓦、娶妻生子，没享到一天福。临了临了，要去平原的城市享福了，却永远留在这长岭山上。

喝了一口茶，曾富兵搓了搓干燥的手。他的心绪，像汉江上的风浪卷向远方。

2009年，南水北调中线工程库区郧县移民外迁试点工作在茶店镇长岭村率先实施。

村里人都知道，长岭村靠十堰，依郧县老城，是东风公司产业转移的基地。山有矿，水有鱼，百姓富足。特别是长岭作为省级经济开发区，未来发展前景十分广阔。个别村民对移民工作很不理解。没办法，曾富兵顶住压力，接受这一艰巨任务。

湖北省委要求"四年搬迁，两年完成"，老河口市提出"最优的地理位置，最优的居住环境，最优的政策待遇"。2009年11月组织动员，2010年8月20日搬迁，仅有短短九个月的时间。在这个节骨眼上，父亲又患上肺气肿，卧病在床，需要人照料。曾富兵兄弟三个，只有大哥一家不外迁，不得已，便与妻子赵凤莲商量，拜托大哥照看，多些担待。当时不少群众不明真相，抵触情绪大，大多外出不归。村民曾华杰夫妇担心搬迁后生活不适应，不愿意外迁，以务工为由不跟村干部见面，只留下年迈的母亲在家。作为共产党员，作为村组干部，拿国家的俸禄，如果自己不带头搬迁，村民们会咋想？于是，曾富兵决定，自己做表率，无条件服从国家政策。

根据工作安排，曾富兵负责十二组搬迁，这个组由原来的五组、六组、七组杂居而成，宗族不一，社情复杂。"金窝银窝，不如自己的土窝。"听说要搬迁，村民的心像波涛翻滚，有的藏账册，有的毁地标，有的建新房。曾富兵还要开展土地丈量、附作物补偿、房屋评估、户型选定、协议签署等工作，更是忙成一锅粥。尽管这样，曾富兵仍抽出时间拎着茶杯，带着快餐面，走村串户，上山下河，与群众推心置腹，交流想法，摆事实，查困难，讲政策。

妻子赵凤莲担忧："儿子星星长年生长在郧县，搬到百里之外的老河口，语言不通，听不懂课咋办？""郧县是好，人熟地熟，但如果我们搬了，他留下来，学坏了不更是毁了孩子一辈子？"曾富兵苦口婆心地做妻子的工作。"安置房后院家家修沼气池，那不是定时炸弹吗？""老河口有成熟的技术，有专业协会，安全节能环保。"寒冬腊月，曾富兵与同事们晚上就守在村组的稻场里，见哪家哪户有灯光，就再去与人家拉家常，谈得失，解疑难。六十一个日日夜夜，将心比心，苦口婆心，终于做通全村一百三十八户六百三十九人的工作。

2010 年"五一"，到了薅芝麻苗的时节，曾富兵顾不上自家芝麻的除弱壮强，马不停蹄地带着移民代表，到老河口移民安置点看建设情况。第一次走出大山的村民，看到老河口滨江"汉水连天渔火忙"的美丽景观，"一帆江楼临江上"的洁净街道，"青砖黛瓦琴巷深"的古香老街，别墅式的移民新村就在城郊，十分钟车程。代表老江爹对曾富兵说："这里，就像住在城里，工作好找，离老家又近，路费少，我们搬。"看着乡亲们满意的笑脸，曾富兵稍稍松了一口气。

他负责的三十户移民，这一天都在搬迁的房型设计图上签了字、按了拇指印。风尘仆仆，四个小时后，曾富兵回到郧县长岭老家，刚脱下满是汗渍的衣裤，还没缓过神，母亲气喘吁吁地跑到家门口，喊："富兵，你爹气出不上来，快不行了。"曾富兵三步并作两步，跑到父亲的床前。他握住父亲的手，父亲却说不出一句话，怔怔地望着忙碌的儿子，艰难地吐出了最后一口气，遗憾地走了。

"不管长岭，还是方营，都是为了过上好日子。"曾富兵说，"如今迁坟，也是国家大事，我是党员干部，该带个头。"

天下十八难，抛家舍业第一难

说起搬迁的难事，曾富兵说："方营是个好地方，离城区就十几分钟车程。哎呀，天下十八难，抛家舍业第一难。长岭人，心里总有难以割舍的东西。"

曾富兵曾自费带华杰到李楼镇新安置点实地考察，又先后二十余次上门分析移民政策，并向他承诺，搬迁后，他可到老河口国泰华纺织公司上班，月薪两千二百元，收入绝对比现在高。曾富兵的诚意，一点点解开曾华杰的心结，他终于答应了搬迁。

村民江天秀，丈夫早年病故，儿子患有严重的糖尿病，生活不能自理，靠一点微薄的山坡地生活，年事渐高，照顾儿子的压力也日渐增大。曾富兵一直把这家人放在心里，他主动找上门，整理申报材料，为江天秀的儿子办了低保。

曾富兵的人格魅力赢得郧县移民群众的充分信赖。老百姓聘请他为移民安置建房理事会的理事，他便一头扎在距老家百余里外的安置点，从住房的抗震、建筑材料检测、供水供电的开通、乡村的绿化，到学生入学，他都严格把关。在方营的工地上，一住就是个把月。原村人均耕地不足一亩二，经过他的努力沟通，方营村把全村最好的土地按人均一亩五分给村民。

2010 年 7 月 30 日，天气热得让人心慌。妻子赵凤莲接到电话，岳母潘家芳在十堰查出胃癌晚期，马上要手术。移民工作焦头烂额，加之星星要上学，哪里走得开？曾富兵对妻子说："我们家的事再大，也是小事；搬迁移民事再小，也是国家大事。你走不开，老人家会体谅的。"

搬迁前夜，曾富兵与弟弟拆下自家门板当饭桌，请来留守的哥哥，吃顿团圆饭，拿出自酿的老黄酒，一一饮酒道别。然后，留下母亲，一行十人打着手电筒，拎着两瓶白酒，四个酒盅，一包香烟，十斤火纸，默默来到亡故百日的父亲的坟前。父子洒酒作别，给老人家点上照亮天堂的烟火。曾富兵说："爹呀，委屈您老了，儿子明年春节再来看您。"说完，他低头轻轻地捧起父亲坟上的一把土，装在布袋里，带往新的家园。

然而，就在曾富兵回头的那一瞬间，看到十米外，一位颤巍巍的老人蹒跚走来，手不时在眼前抹了抹。是年迈的母亲鲁荣芝！曾富兵再也忍不住了，他满眼热泪，小跑着冲上去，抱着母亲。"妈，你咋来了？您放心，我们一定会回来看爹的。"然而，老母亲搬迁到老河口三年后，也中风瘫痪在床，再也没能来看她的老伴。母亲说："老河口兴火化，烧就烧了吧。你们就把我埋在老河口，你爹在长岭陪着你大哥，我在方营陪着你们小兄弟俩，再也不分开。"

搬迁当日凌晨五点钟，曾富兵和村干部开始召集移民上车。锣鼓喧天，简单的告别仪式后，戴着大红花的移民们踏上前往新家的路途。车上，望着将淹入库区的老宅，妻子赵凤莲低声地说："别人家搬迁，补偿款都领不完。你倒好，当个干部，还倒找移民部门两万块。""我们人口少。"

谈及这些，曾经是郧县茶店镇移民站站长的杨华顺，仿佛还望着卷尘而去的车队。他说："长岭这块硬骨头，如果没有曾富兵，真不知怎么抓下去，要说，他是第一功臣。"

山里人换换肠子，也好

"你说怪不怪？山里人的肠子，总归难变成平原人的肠子。"

搬了百十里，有的人还要回到长岭种地。就是上班，也要到十堰。搬到老河口市李楼镇方营村的移民新村后，曾富兵被任命为村党支部委员兼新村小组组长，负责移民村的生产与生活。曾富兵说，当时，搬到新家仅是第一步，让所有移民安心住下来、富起来，才是迫切需要解决的问题。

2010年8月20日夜，刚刚落脚的移民尚未安顿好，天就下起急促的暴雨。瞬间，电源全部跳闸。三十户移民家庭，一百多号人顿时慌了神。是不是电线落了地？危险！曾富兵第一个冲了出去，查找原因，并赶紧联系老河口市移民局局长张敬良，协调供电公司。他一边稳住群众，一边协同供电公司副总刘军保冒雨排查。原来，雨树交接，电线短了路。雨，一分一分地下；汗，一滴一滴地流。二十分钟后，恢复供电。接着，他又挨家挨户走访，解决移民们在新的环境下遇到的各种问题。

四十七岁的曾富林，一直在十堰盛河集团上班，移民后分得的五亩耕地，主要靠老父亲打理。考虑到曾富林的特殊情况，曾富兵和村干部商量后决定，组成"帮扶队"，帮助移民抢种抢收。居住环境变化，生产方式也发生了变化。过去，山区村民多种植红薯、玉米，来到平原，改种小麦、油菜和水稻。村民一没种子；二没技术。曾富兵就联系当地政府部门，对接奥星粮油公司，由公司免费提供种子，农技部门免费提供技术指导，实施订单农业。"感谢曾队长，这样我们的生活就不愁了。"村民感动地说。

村里的路灯维护、环境卫生等公共事业开支需要自筹资金。为了解决新村的公共经费，曾富兵四处想办法，老河口一家驰鑫机械公司的老板深受感动，主动赞助六万元解决难题。孩子入学是天大的事，曾富兵通过努力，多方伸援手，最终五十三名学生全部就近进入重点学校。

搬到老河口，年轻人可以在武汉、襄阳等城市打工，令曾富兵着急的是，上了年纪的移民怎么办。为此，曾富兵四处奔走呼吁，最终，一家农业公司准备投入十九个亿，在李楼镇建成一个现代生态种植基地，集果蔬采摘、花卉购买、旅游等为一体，可以解决许多移民的就业问题。"这里生活过得更好了，多亏曾队长。"当初拒不搬迁的王永平至今笑得合不拢嘴，曾富兵帮助他的两个兄弟在老河口做工程，日子过得比在长岭村红火得多。

曾华启，父母过世早，家里排行最小，在山里野惯了，是有名的"野孩子"。在外打工多年，一直单身。因为随着哥嫂搬迁而回到湖北，看到方营别墅式的安置房，惊呆了，他再也不想出去流浪，就此安家。曾富兵知道后，会同村支部的热心人，把方营4组的杨惠介绍给他。此时，杨惠身在江苏扬州打工。双方通过微信传书，感情迅速增温。半年后，两人幸福牵手，走进婚姻殿堂。完婚当天，远在十堰的姐姐说，老河口风景如画，退休后一定也来定居。

聊着聊着，回头一看，山区移民的腊鱼、腊肉、香肠，都挂在房前屋后的屋檐下。这里，仍有老家的味道，腊味十足。八年过去了，曾富兵用自己的实际行动，践行了当初入党的誓言，长岭村外迁到老河口李楼方营的三十户一百四十三人无一返乡，大家的日子越过越好。"对方营的发展，我充满信心。"曾富兵说，自己在一天岗，就要尽一份责，会一直带领移民群众在古郦阳的新家，脱贫致富，幸福生活下去。

临走时，富兵说："你们平时忙，难得来。今晚，就尝尝我们山里的腊味。"我借口推托："今年下第一场雪时，我再来。"他满脸的不舍。走了好远，他仍没有回村。我知道，方营已成了他心灵深处的土窝窝。

读私塾 求新学

汉水与丹江交汇处有一座山，石如卧牛，间杂黄
土，叫三尖山。山势由东往西，像一把梳子，把山峦梳
出一条一条沟壑。遇上暴雨，冲出一练一练的河淤。河
埠头，土地肥沃，生出一个一个村庄来。

1884 年 4 月 28 日，一声响亮的啼哭，响彻鄂豫边
界老河口（原光化）袁冲村，接生婆说是个儿娃子，一
家人喜上眉梢。父亲按家族辈分为他起名袁书堂，名
国绅。

七岁那年，书堂与哥哥理堂、弟弟碧堂、姐姐友松
发蒙读书。孩童们早上读书，中午习字，晚上对课。从
《三字经》《百家姓》《千字文》，到《大学》《中庸》《论
语》《诗经》，天资聪颖的袁书堂早已烂熟于心，准备参

加科举乡试。

10 月的一天，袁书堂和大姐友松到了老河口镇，看到洋人锦衣玉食，一掷千金，富人开电灯公司，卖洋油洋火，还有汉江上的大船，从上海、武汉运来了洋服洋帽，感到非常新鲜。他问父亲："城里学校设立中国文学、算术、格致、图画等科目，乡村私塾为什么仍然教授'四书''五经'？"

父亲说："德之不修，学之不讲，闻义不能徙，不善不能改，是吾忧也。"

父亲的话并没回答袁书堂提出的问题。他不理解固守传统儒道的父亲，父亲也不理解追求新文化、新事物的他。

这年冬天，鄂西北地区盗如蚁，匪如麻，村里不断受到侵扰。袁书堂在山岗上，迎着寒风，感慨道："十年苦读何用？庄稼人啊，怎么个活法？"

他第一次感觉到自己所学的孔孟之道，不能挽救国家颓势。"君为臣纲"，君让老百姓饭都没得吃的，何必遵从它呢？于是袁书堂开始弃读八股，潜心攻读《强学报》《时务报》《国间报》等进步报章，还坚决反对风水，不相信鬼神，把家里的灶王爷、司命奶奶统统扫除房外。父亲对他如此违反习俗的举动十分冒火，直骂他："中了邪道！"

誓当惩恶扬善好警察

1909 年的一天中午，袁书堂从光化县城回到袁冲村。

他得到消息，湖广总督张之洞实施新政，"师夷长技以制夷"，下令襄阳、宜昌州府上解警捐，改武昌警察学堂为湖北高等巡警学堂，在州县招生。他把枣红马拴在四合院的高墙下，走进家门兴冲冲地对父亲说："爹，县城里贴满告示，武昌警察学堂在光化招生，我想去试一试。"

不料，父亲大发雷霆，认为书香门第的儿子去当警察，是败坏袁家门风，误了自己前程。

"你真想披那张老虎皮，吆三喝四地吓唬老百姓？"父亲威严地说。

袁书堂赶紧回话："爹，您误会了。儿子若当上警察，必定是个惩恶扬善、爱民敬职的好警察。再说，现如今科举废了，我读了那些书，窝在这穷乡僻壤能干啥？现在都办新学了，谁家的孩子还进私塾？"

话不投机，儿子说服不了父亲，父亲也说服不了儿子。袁书堂义无反顾，一件布衫一双布鞋，涉江东行来到武汉。由于文化基础扎实，袁书堂金榜题名，当年就被录取。入学后，他潜心学习法制大要、法学通论、警察学等课程。

1911年10月10日，新军第八营熊秉坤打响了武昌起义第一枪。袁书堂听到激越的枪炮声，异常兴奋，会同校友毅然剪去长辫，以此明志。

他购买进步的书刊寄回家，鼓励嫂子、妻子、女儿、侄女、外甥女放足，年逾花甲的母亲也觉得赶上了好时代，放了足。大侄女袁博之，外甥女宋炜纷纷解除了封建包办婚约。

看到家乡私学堂用的教材还全是《论语》《孟子》《千家诗》之类，他说："我寄些《国文》《数学》课本回来，以供学子们读用。"

袁书堂父亲有抽大烟的习惯，每天吞云吐雾，他痛陈抽烟危害，并用林则徐"数十年后，中原几无可以御敌之兵，且无可以充饷之银"的警句劝诫父亲，父亲幡然醒悟，一斧子将烟枪劈成两半。

一派文明新风在袁冲吹开。

营救共产党人施洋

1923年1月，汉口英国烟厂因无故开除女工而引起工人罢工，共产党员施洋挺身而出，利用律师的身份为工人请命。2月4日，京汉铁路工人举行总罢工，施洋又积极组织武汉工人和学生进行反对军阀吴佩孚的游行示威。

2月7日晚，施洋被反动军警抓捕。法庭上，施洋怒斥军阀镇压工人运动的滔天罪行。党组织想方设法营救施洋，张国恩、吴德峰、董必武等同志认为，时任汉阳警察局科长的袁书堂是最佳人选。

董必武说，袁书堂思想进步，多年学习《新青年》《每周评论》《独秀文存》等进步书刊，马克思主义思想深深影响着他。再说，他历来同情工人，在武昌司门口开办的织绸厂，对工友十分友善。大家一致同意请袁书堂与敌人周旋，营救共产党人施洋。

面对党组织的委托，袁书堂满口答应，他说："我和施洋一样，是有信仰的人。若能为为工人民众说话的大律师出力，我责无旁贷！"他拿出三十块大洋，试图买通看守，放走施洋，但未能成功。

袁书堂又组织人员冒险去劫囚车，终因人手不够，也未能如愿。书堂非常痛苦，在向党组织汇报时流下了热泪。吴德峰安慰他说："你已经尽力了，不必自责。眼下国共两党正根据中山先生提出的'联俄、联共、扶助农工'三大政策谋求合作，你的身份很重要，以后有许多工作等着你去做。任何时候，一切服从党的利益就是了。"

几天后，施洋高呼着"劳工万岁！"慷慨就义，显现了一个共产党人视死如归的英雄气概。

施洋惨遭杀害使袁书堂认清了北洋军阀反动的本质，明白了只有共产党才能救中国的道理。

1924年，经董必武介绍，袁书堂加入了改组后的国民党。他对董必武表示，自己更希望加入中国共产党。

董必武说："你的身份特殊，暂时留在党外对党的工作更有利。"

听到如此回答，袁书堂悟到了党组织的用意。他说："如果是这样，书堂完全服从，只要组织需要我，什么时候让我回家都行。"

1926年，北伐军攻克武汉。这个冬天，袁书堂秘密加入了中国共产党。

镇压土豪劣绅

1926年12月，袁书堂被国民党湖北省政府任命为蒲圻县县长。倚着窗，袁书堂对侄女袁溥之说："此次受命，是董必武同志暗中安排的。我是共产党员，要按照党的指示，为蒲圻民众办好事。"

北伐军占领武汉的消息早已传到蒲圻，劳苦大众群情激昂。几次会议上，党员纷纷要求："坚决贯彻党的精神，扶助农工，打击土豪劣绅，废除各种苛捐杂税。"

作为共产党员，袁书堂坚定地站在人民群众一边，他参加组建了县农民协会、总工会、妇女协会、商民协会等组织，并在农民协会成立大会上发表演讲，号召人民群众起来革命。

1927年2月，国民党蒲圻县第二次代表大会召开，选举了漆昌元、袁书堂等九人为县党部第二届执行委员，袁书堂为执行委员、宣传部部长。

他制订宣传计划和宣传大纲，从县政府拨出款项作为宣传经费，把蒲圻的革命宣传工作搞得扎扎实实、有声有色，对动员工人农民参加革命起了积极作用。

3月，袁书堂被增选为中共蒲圻县委委员，在中共蒲圻县委的领导下，全县各地农民纷纷起来，清算土豪劣绅的种种罪行。蒲圻城内土豪"通城虎"陈玉卿，勾结反动政客张国淦，横行乡里，鱼肉人民，无恶不作，群众恨之入骨。北乡农民群众将其逮住，扭送县政府关押。

袁书堂与漆昌元组织特别法庭对其进行审判，没收了他的全部财产，并于当天下午执行枪决。这一果敢行动，为湖北省农运镇压土豪劣绅做出了榜样，受到省政府的通报表扬。

3月下旬，蒲圻县审判土豪劣绅委员会正式成立，袁书堂担任主任委员，领导斗争土豪劣绅的工作。依照省政府公布的《湖北省审判土豪劣绅暂行条例》和《湖北省各县审判土豪劣绅委员会组织条例》，新店农民群众将当地土豪劣绅"胡须大王"但春林押送到县委员会。袁书堂与漆昌元发动农民、工人和市民上街游行，印发宣传品，揭发土豪劣绅罪恶。最后上报省政府，要求枪决恶霸但春林。

罪犯伏法之日，三万多农民群众手持梭镖整队入城，参加公审大会。袁书堂当场宣布判决但春林等恶霸地主死刑，立即执行，所有欠债欠息一律作废。

在袁书堂的主持下，土豪劣绅汪佣平、贺天锡、刘月如等先后被处决，推动了全县农民运动的发展。

7月，袁书堂调任武昌县县长，两个月后又调到黄陂任县长。蒋介石、汪精卫先后叛变革命，桂系军阀胡宗铎、陶钧纠合其他反革命势力，在湖北城乡大肆进行"清乡"活动，残酷屠杀共产党人和进步人士。

在这血雨腥风的白色恐怖中，袁书堂坚定不移地在党的领导下，利用县长身份，想方设法掩护革命同志和党的机关，为支援农民武装暴动，释放被国民党关押在黄陂县监狱中的革命同志，做了大量的工作。

1927年11月，袁书堂的共产党员身份被黄陂封建势力代表人物胡康民等人获悉。书堂立即潜回武汉，向党组织做了汇报，并把随身携带的大量款项及县印交给党组织。不久，国民党湖北当局下令通缉袁书堂。

袁书堂接受党的指示，回鄂北家乡开展农民武装斗争。

卖掉家产为革命

1927年冬，一个风雨交加的夜晚，袁书堂乘船回到光化县北乡袁冲村。

"袁县长回来了！袁县长回来了！"村民们翘首以盼。袁姓是当地望族，书堂在外多年，连任三任县长且侠义好客，在北乡一带声望颇高。县长回来主持公道，北乡老百姓再也不会受到兵匪的侵扰。

杀猪宰羊，鞭炮齐响，袁家大院格外热闹。

袁书堂知道，这次回乡主要任务是开展党的地下工作。随即腾出家里的三间房子，开办了一所小学和农民夜校，免费招收贫苦农民的子弟入学。书堂亲自执教，给学生讲授国文课。他还动员农民兴修小型水利，在池塘边、小溪畔栽柳种桃，增加农民收入。

1928 年 3 月的一天，袁书堂和贫苦农民青年程兴泽在田头相遇。二人坐在田头拉起家常，书堂问程家的收成怎样，日子过得如何。

程兴泽摇摇头说："给人家扛活儿，日子难熬啊。"

为了启发他的阶级觉悟，书堂问道："为啥种地的没饭吃、织布的没衣穿、盖房的没屋住？为啥穷人的日子难熬呢？"

程兴泽一脸茫然，抓抓头皮说："是穷人命不好。"

书堂说："不对！穷人之所以穷，是因为受到地主、资本家剥削，只有打倒地主、资本家，只有建立一个没有剥削、没有压迫的新国家，工人、农民当家做主人，才能过上安居乐业的好日子。"

书堂向他讲述了自己在蒲圻领导农民起来革命，斗争土豪劣绅的革命事迹。程兴泽听的入了迷。

经过教育、考验，程兴泽被吸收入党。

书堂多次与农民促膝谈心，与农民交朋友，先后发展了姐姐袁友松、爱人徐次惠，农民肖克富、袁邦天、袁之邦等十几人加入中国共产党，连同其他同志发展的党员共七十余人，建立了程家岗、薛沟、袁冲、毛沟等四个支部。在此基础上，建立了中共光化县北乡区委员会。

袁书堂的家成了党在鄂北开展工作的据点，经常住着光化县委、鄂北特委、豫西南特委及各县县委的同志，人们称之为"红色饭店"。为了帮助有困难的同志解决吃穿问题和活动经费问题，袁书堂瞒过母亲，先后卖掉老河口城郊十六亩良田和县城的三间瓦房，典当了袁冲十几亩水浇地。所得资金全部用于党的工作，自己全家却过着以红薯为主食，以红薯叶、辣椒面为菜肴的艰苦日子。他对家人和农民兄弟们说："苦日子是暂时的，等革命胜利了，我把现在的岗地变水田，兴水利、开沟渠、修道路、办学校，彻底改变家乡贫穷落后的面貌，让大家都过上有米饭、有馍馍吃的好日子。"

攻打光化县城

1928年6月的一天，一支国民党部队从光化县城开拔，到乡下收公粮。因受天灾，袁冲六官营村的村民交不出粮食，一个瘦弱的村民被反剪吊在树上，一顿皮鞭打得他皮开肉绽。

面对国民党的残暴，袁书堂心急如焚，经过思索，想出了一个计策，他让村里的二三十个老奶奶一起哭着闹着去救被打的村民，面对这群手无寸铁的老人，几个国民党兵束手无策，只得放人。袁书堂觉得反对苛捐杂税光是用这样的法子不行，要狠狠地打击敌人的嚣张气焰。他在袁冲建立了由共产党员和进步青年组成的"光化门枪自卫队"，任命王振三为队长，准备攻打光化县城。

麦收一结束，光化门枪自卫队在袁冲槐树湾举行誓师大会，袁书堂任总指挥。会上，袁书堂进行动员，宣布了两条纪律：一是要听指挥，要勇敢，不能各行其是，贪生怕死，临阵脱逃；二是要爱护群众庄稼，行军时不能从庄稼地里走，还特别强调，不准摘老百姓的黄瓜吃。

队伍武器很差，队员大多拿着大刀长矛，只有少部分队员有枪。服装也各色各样，七长八短，但大家精神抖擞，士气高昂。

到了县域外，分兵占据有利地形，把县城整整包围了五天五夜，第六天开始攻城。

左觉农带领大刀会由西关进攻西门南门，门枪自卫队"剿匪编联队"主攻北门的白明桥，杜仲安领兵攻打东门。

战斗打响后，枪声、喊杀声铺天盖地，队员们个个像猛虎下山，拼命冲向城里。经过一上午激烈战斗，国民党守军姜鸿谋大部人马被消灭，只有少数人往雷祖殿、辛店岗仓皇逃跑。这次攻城缴获快枪千余支，以及许多军用物资。战斗的胜利，打响了光化县共产党组织联合武装与国民党反动派做斗争的第一枪，为党领导人民群众开展武装斗争建立了良好开端，极大地鼓舞了群众斗志，青年人纷纷要求参加光化门枪自卫队。

同年 11 月，中共光化县委机关由老河口迁至北乡袁冲，在袁书堂、杜仲安二人领导下工作。1929 年 2 月，随着党员的增多，建立了中共北乡区委，下辖杜家庄等五个党支部。9 月，袁书堂任中共光化县中心县委委员，领导均县、光化、谷城三县革命斗争。

智救地下党员

1928 年 9 月的一天上午，光化县北乡袁冲村东头，袁书堂家两间小客房门窗紧闭。

屋内围坐着四个人，正在开会。袁书堂身旁坐着李实（又名李抱一，原是中共地下党谷城县委书记。因身份暴露，鄂北特委指示他转移到光化任中心县委书记）。突然，院内响起急促的脚步声。袁书堂开门，交通员薛一宇气喘吁吁地说："民团团长袁国缵和四个卫兵向村子里走来了！"

袁国缵是袁书堂的堂兄，人称"袁八爷"。袁书堂与他家虽只有一路之隔，但平时素不往来，一个共产党、一个国民党，是两股道上跑的车，走的不是一条路。

突如其来的消息使小屋子里的气氛顿时紧张起来，大家把武器拿在手里，准备战斗。袁书堂摆了摆手说："袁国缵目前还不知道我的身份。如果收拾了这几个敌人，党的组织就会暴露，将对今后的工作造成不可估量的损失，不到万不得已，不能这样干。"

袁书堂若无其事地走出院子。

袁国缵指着书堂介绍说："这是我的堂弟书堂，在外三任县长，不久前探亲回来。"又指着一个军官给书堂介绍："这是光、谷'剿匪'总部的李排长，奉岳维长官之命，前来我区执行军务。"

袁书堂说："贵军不辞劳苦来到敝乡，有失远迎，若不见外，侍茶一杯。"

双方坐下，袁书堂发话："贵军来此敝乡'剿匪'，几番想登门拜会，但又想你们军务繁忙，不便去打扰。今日光临，那就和家兄在寒舍玩玩，中午设便宴，我请客！"

排长听到"请客"二字，脸上的横肉抽动几下，假意说："袁县长广交好客，愚弟早有所闻，今日同袁团长来访，也就是想结识几个朋友。"

袁书堂说："是啊，多交个朋友多条路，少交个朋友少座桥，一定有用得着朋友的时候。"

酒席宴上，李实起身给"客人"斟酒，袁书堂指着身穿长衫的李实说："敝亲李先生，在此任村民教员，今后还请诸位多多关照！"

李排长三杯酒下肚，兴致已高，接着袁书堂的话说："李先生和我是一家子，今后用得着的时候，尽管找我。"这伙狐朋狗友一面贪婪地吃喝，一面说着闲话，从中午一直喝到太阳将要落山。一个个喝得东倒西歪，天黑才起身，带着卫兵回驻地。

袁书堂沉着机智地掩护了革命同志。

从此，李实以教员的合法身份住了下来，袁书堂的家成了光化中心县委的机关。

血溅袁冲村

八一南昌起义，打响了武装反抗国民党反动派的第一枪。

中共中央在汉口召开紧急会议，纠正了陈独秀右倾投降主义路线。袁书堂闻讯非常高兴，他从自身的革命经历中体会到：工农革命没有自己的武装，必定会招致失败。

1930年4月，聂鸿钧奉中共湖北省委之命，任鄂北特委书记，袁书堂任特委委员。一天下午，鄂北特委在袁冲西的下四河淤召开鄂北各县党的负责人会议，就武装暴动问题进行了研究。由于鄂北地区有党的工作基础，群众有斗争经验，而且各县都已掌握了一些武装，特委决定，首先在这些县举行武装暴动，光化的袁冲为暴动的中心。

会议决定，袁书堂任鄂北武装暴动总指挥，张履中、王振三协助袁书堂开展工作，暴动时间定于5月1日。暴动一旦成功，便在袁冲、纪洪一带建立农民革命根据地。万一暴动失利，就把队伍拉到襄阳黑龙集，全体人员参加工农红军。

这时，袁冲发展的党员有一百二十多人，拥有长短枪一百余支，加上争取过来的地方武装，共有长短枪二百余支，暴动条件基本成熟。但是考虑到距此三十里远的光化县城和老河口驻有国民党军，加之 5 月 5 日要召开鄂北群众代表大会，于是，暴动改期到 5 月 5 日晚，各种准备工作紧锣密鼓地进行着。

这时，有线人告诉袁书堂，袁国缵行为反常。书堂认为袁国缵是自己的族兄，并且对他有救命之恩，并未在意，说："不要多疑，他不是辞去民团团长了吗？"

其实，袁国缵称病退隐是假，暗中纠合反动势力是真。他派自己的儿子与土匪李世铎密谋，许诺给五千大洋，刺杀袁书堂等共产党人。袁书堂不察此计，放松了对袁国缵的警惕。

1930 年 5 月 4 日晚，村庄一片寂静，鄂北暴动总指挥部决定在袁书堂家再次召开会议，细化武装暴动事宜。特委军委书记张履中、光化北乡区委书记薛一宇及薛风轩、王振三、袁国涛、袁德胜、陈三云、肖克富等悉数到会。面对即将到来的革命浪潮大家异常兴奋，袁书堂、张履中、薛一宇临窗而坐，王振三、袁国涛、袁德胜、陈三云、肖克富合围聆听。袁书堂压低声音说："振三队长负责老河口方向警戒，袁国涛负责群众动员，履中书记负责公审反动分子……"

此时，袁国缵和他的儿子正伙同隐藏在村外的匪兵，在夜幕掩护下，向袁书堂家摸去。

"谁？"门口站岗的薛风轩厉声问道。说时迟那时快，"砰、砰、砰"，敌人率先射出罪恶的子弹，风轩一个趔趄倒下了。

袁书堂听到枪响，拔出手枪大叫道："同志们，躲到后边去！"同时举枪向外射击。刹那间，敌人排枪"突突"射来，袁书堂身中数弹，轰然倒下。

袁书堂虽然牺牲了，但他亲手播下的革命火种却越来越旺，烧红了鄂北的大地和天空，直至中国革命赢得最终胜利！

过鹿门

铁打的襄阳，纸糊的樊城。

已是 1938 年 11 月，寒风肆虐。兵荒马乱的日子，不少村庄的田地都撂了荒。这一年的冬天，出奇地冷，一个身着中山装的青年，背着挎包，从邓县的姚家营急急地来，他要进樊城，去见一众好友。

此时，城内城外都多了不少从武汉退下来的士兵。多数是广西的兵，士气低落，经过血与火的摸爬滚打，不禁思念起家乡来。随着这种气氛的弥漫，部队的上级军官决定召一些文化人士，用诗文、用戏剧、用演讲，驱赶这种沉重的情绪。

"老板，喝点黄酒吧?"这是鹿角门小二哀求的声音。

来人衣食没有着落，只好说："算了，就来一碗挂面。"

"吃辣子吧？"

"要辣的。"

一个岔道口，一座古城门。在这鹿角门，襄阳老街百姓只有艰难地活着。"卖苞米哟，卖苞米。"城门口，一个邋遢的庄稼人在吆喝。老派的人都哀叹，这牛马行都萧条喽。邓县来的青年，没顾上搭理这些，径直往前走。去往鹿门山的路口，有父女卖唱："辰巳丙寅，九州生风，家无斗米，四处叫穷，老爷，给点吃的呗。"沿着汉江走，过三个街区，到鸿文书院，他就有了落脚处。这个步履匆匆的年轻人叫姚雪垠，他所见的一众好友，也是从武汉退下来的。

钱俊瑞来信告知，在樊城的中正小学，陈北鸥、臧克家、胡绳、彭澎、白克、江陵、孟超、关梦觉等人已聚齐。春上，武汉一别，姚雪垠回了河南舞阳，在文协会上做了慷慨激昂的抗战演讲。逗留数日，辗转回到邓县。此行，主要是把妻子王梅彩在姚家营安顿好。

其实对于襄阳，姚雪垠并不陌生。十年前，就来过一次。那一次，一住就是九个月，在襄阳鸿文书院。书院在一个码头上，是加拿大的基督教传教士哈尔沃·朗宁创办的学校。那是他从信阳读书，遭遇直奉大战，被土匪绑为人票后的又一次外出。在这所中西合璧的书院，姚雪垠不仅读到《诗》《古文辞》《十三经》《三通》《四子书》《性理大全》《大学衍义》《历代名臣奏议》等古典文学，还认识了列夫·托尔斯泰和普希金。

九个月的借读，开阔了姚雪垠的眼界。1929年，他考入河南大学预科，开始了以写稿谋生的生涯。姚雪垠在武汉时，提到这段往事，感慨万千。鸿文书院，成就了他的人生。

其实，姚雪垠命运多舛。出生时，家穷，母亲差一点把他溺亡。他十四五岁时，改名为"姚雪痕黟"，这是他当年怅惘心情的反映。姚雪垠只上了三年小学便失学了，后来读了一学期中学，又失学了。这时他读到一首苏东坡的诗："人生到处知何似？应似飞鸿踏雪泥，泥上偶然留指爪……"

"雪痕"二字就是取人生如飞鸿踏雪，偶留痕迹之义。后来新文学运动兴起了，在怅惘之中，他看到了光明的前途。于是，便把"痕"字的病字头去掉，换以提土旁，以表示其不再悲观，而要发愤图强了。

在鸿文书院，他拜会了教会老师，不日，便去往中正小学，与先期来襄的文化人员会合。

从樊城，去均州

一个寒冷的黄昏，忽然全队的弟兄们兴奋得发狂一般呐喊着跳到天井里，把一个新捕到的汉奸同队长一起密密地围了起来。汉奸两只手被绑着，脸黄得没一丝血色，两条腿抖得几乎站立不住。他的脖颈后插一把旧镰刀，腰里插一根小烟袋，头上戴一顶古铜色的破毡帽。队长手里拿着一面从汉奸身上搜出来的太阳旗，他的表情严肃得像一尊铁人。同志们疯狂地叫着：

"他打扮得多像庄稼人！"

"枪毙他！枪毙汉奸呀！"

"你的大名字叫什么？站起来说！"

"没有，老爷。""哑巴"茫然地站立起来，打了个噎气，"爷说庄稼人一辈子不进学屋门儿，不登客房台，用不着大名儿。"

"有绰号没有？"

"差，差，老爷，'差半车麦秸'。"

"嗯？"队长的黑毛又动了几动，"差什么？"

"'差半车麦秸'，老爷。"

次日，姚雪垠一见到臧克家、田涛，大家就讲起上述这篇热气腾腾的小说。它写的是东北军于学忠在山东辖区的抗战故事。一个人说，一众人听。姚雪垠受邀来襄阳，就是缘于这篇《差半车麦秸》，它开了抗战小说的先河。一个邋遢鲜活的人物，迎来了好口碑。这两天，钱俊瑞、曹荻秋忙得不可开交，决定在樊城成立第五战区文化工作委员会，一大批文人涌入了襄阳，听说文化界红人姚雪垠来了，大家格外兴奋。

1938年12月3日凌晨，下着雨，一阵风呼啸，叶子飘零。在襄阳市樊城区定中街40号的大华酒楼，一场聚会却异常热闹。南腔北调，二十多人参加了这次会议。这次会议的主题是成立中华全国文艺界抗敌协会襄阳分会，推举姚雪垠为理事。为了团结更多的作家，会议推举了文协分会筹备员，臧克家为均县的筹备员。

"我们请臧克家、姚雪垠、田涛、孙陵同志去均县。"陈北鸥说。

"没有问题，明天就动身。"

一路船行，12月23日，姚雪垠参加了均县支会成立大会。"到会七十余人，由筹备员臧克家担任主席，孙陵报告总会详情及分会成立经过，继由姚雪垠说明抗战以来文艺界活动状况。"

着草鞋，衣衫褴褛，一双双眼睛释放着求知若渴的光芒，24日，臧克家、姚雪垠、田涛、孙陵等四人决定第二天去均县六中，对学生进行一次演讲。这一次讲话，在学生们心上撒下了一把文艺的种子。分手后，很多学生投寄习作。

在均县城，姚雪垠设立文化工作讲习班，讲授唯物辩证法，研究文艺的基本问题，竟有三百多人黑压压地挤在屋子里。后来，一众人又簇拥到十三集团军七七军军训团讲课。

在培训班上，十八九岁的文学青年是激昂向上的，不断地喊着"到前方去，到前方去"。仰望着武当群山，人们的气魄，也是高大的。在均县，每到文艺周末或军民联欢，姚雪垠都组织各种演出，先后上演《东北一角》《八百壮士》《流亡三部曲》，极大地鼓舞了士气，不少武当山的道士也下山，参加了抗战活动。家庭背景、个人经历各不相同的青年男女，不论是教师，还是学员，都怀着同样兴奋的心情，办壁报、搞演出、下乡宣传抗日。

田涛在《乡下人》中就动情地记述着训练的情况：

　　……油滑的老兵用手抚着肮脏的胡子，有尘土的脸上皱起笑纹，连长也笑着。他们在嘲笑什么？是独眼龙这一班兄弟们有一个乡下人，动作像笨牛一样，脚步总是错的。因为他的手摸惯了锄柄，现在让他的手把枪举起、放下，很是不习惯。

　　"去当弹药手吧。"

全民一心，共同抗战。可是，没过一个半月，为了限制共产党的活动，蒋介石在洛阳会议上下令撤销五战区文化工作委员会。春节前几天，臧克家、孙陵、孟超、姚雪垠一行只得乘船回到了樊城。晚上，一行人就住在中正小学的文工会。这几日，与胡绳、郑楚云、夏石农经常聚会，结识了不少战区文化队、演剧队的男女青年，为小说《春暖花开的时候》搜集了素材。

隆冬的夜，姚雪垠铺开信笺，写下了浓重的一笔：一二·九运动就是一声春雷。受朋友鼓励，将故事录出，作为《春暖花开的时候》的第一章，先行发表。

战地书屋

春寒料峭。

3月份的一天，一队着灰军装的人马，悄悄地来到鄂西北武当山下的草店。这是第五战区长官部和政治部的人。数月后，回迁到老河口，这是一个码头埠口，因为往西就是宜昌、重庆，往东即是武汉、南京，故而是一个军事重镇。

没有汽车轰鸣，没有八抬大轿，他们穿过一片菜地，入住到一个旧式的四合院里。这个营子，叫胡家营。

尽管第五战区文化工作委员会解散了，文工委主任钱俊瑞去了重庆南方局工作，胡绳、臧克家、姚雪垠等文化人士依然受到重用，住进了化美小学，就是现在仁义街的第五小学，北有陈家井，南有天主教堂和宏慈医院。

在老河口，姚雪垠做的第一件事，就是读书。他经常去战地书屋，是徐州画家王寄舟开的。临街有门面房一间，内有庭院和内室。门面上，放着当局准许发行的书籍，主要是中小学教科书、文艺类书籍。内室则放着《德意志农民战争》《铁流》《母亲》《政治经济学》《联共党史》《论新阶段》。

有好事者问："姚雪垠与你舅舅借过书吗？"

"这还有假？舅舅王寄舟在二十世纪九十年代初回来时说，有一本《辩证唯物主义》，他特别爱看。"

与王小军、戴一龙聊天，方知姚雪垠在老河口期间，与王寄舟、戴父戴子腾交往甚密。王寄舟刻板，姚雪垠就配诗；戴子腾唱歌，姚雪垠就撰文。姚雪垠还赖在王寄舟开的战地书屋，借着油灯，捧书夜读，以致通宵达旦。

戴一龙说："一次，在马悦珍餐馆，戴子腾一群抗宣队的学生兵与老师谈论文学，忘记时间，遭到马家小二的驱赶，惹怒了这帮兵蛋子，双方差点打起来。"

"结果呢?"又问。

"自然是劝开了。那时候，坐流水席。餐后占着座位，小二肯定不高兴。"戴一龙接着说，"后来，戴家与马家结为亲家，谈起这茬旧事，哈哈一笑，谁晓得是你们?"

这群人当中说的老师，就是大名鼎鼎的姚雪垠，曾任国民政府第五战区长官司令部的秘书，后来，住在由化美小学转租在胡家营的一间民宅里。那时，他二十九岁，长相英俊，浓眉大眼，梳着背头，操一口豫西乡音。

第二件事，到中山公园。这公园，是依介卿建造的，他字惠风。后来，人们为了表彰他的成绩，把公园西首的一条街叫作惠风路。当时的中山公园有一戏台，是抗演队、童工队会聚的地方，经常演出《放下你的鞭子》。让姚雪垠就在这里收集创作素材。

"正是与兵蛋子的聊天，让姚雪垠掌握了不少生活故事。在襄阳期间，姚雪垠写下了《牛全德与红萝卜》《春暖花开的时候》《戎马恋》。"时光过得真快，说起这件事，戴一龙一脸意味深长。

与戴一龙谈古，他真诚，人们便信任了他。穿过这处重檐的戏台，有人扯着嗓子在唱："手提竹篮把饭送，担心饿坏了郡马公，常言说为人莫做瞒人事，只觉得胆怯心内惊。"这是《寇准背靴》的桥段。

或许，姚雪垠也听过这样一出戏吧，这戏让我们感受到了人情与世故。

从老河口出发

为了宣扬爱国主义，1939年4月6日，姚雪垠与臧克家、孙陵偕文学青年组成"笔部队"，到随枣前线采访。到八四军部后分成三个组，姚雪垠去了一四三师，臧克家去了一七三师，孙陵去了一八九师。30日，姚雪垠到一七三师与臧克家会合，发表了《随县前方的农民运动》，记述了抗战前方的政治、经济情况，对农会工作有详细描述。

不巧的是，5月1日黎明，日本人来犯，随枣五月会战开始。三人迅速撤退到万家店、厉山、枣阳。刚到枣阳，敌人就冲进村子，几乎被包围。因姚雪垠熟悉河南山区地形，才带着二人经新野、邓县，过均县、房县，疾行了八天两夜回到老河口。后以这次战地生活为原型，写下了《四月交响曲》。这个月，臧克家、姚雪垠被调到司令长官部担任秘书，挂空衔从事文化工作。

1939年8月，姚雪垠与臧克家、郑桂文一行七人步行数千里去豫皖边区。这是第二次组织笔部队访问战地。姚雪垠在《大别山中的文艺孤军》中深情地写道："总会组织的战地访问团，已经向北方战场出发了，这对于我们是一个很大的激动，要求到敌后远征的心愿，非常热切。"

下旬，经周口、界道抵阜阳。阜阳有皖北分会，听说五战区来了笔部队，一群男女青年十分兴奋，写下了精美的诗篇。

"敌人的大炮，开拓了我们的世界；敌人的大炮，打宽了我们的胸膛；千万个诗句，一起歌咏着反抗。""去年五月七号或八号，我军某部从××方面开到蒙城。他们已有三四天没有睡觉，也没有好好地吃过东西。一到蒙城，他们中有许多人立刻卧倒在被太阳晒得灼热的地上，发出呼呼的鼾声。"

月底，抵立煌，拜访新四军办事处何畏主任，安徽的张勃川、狄超白，美国记者史沫特莱。滞留一个星期后，从商城、潢川返回老河口。返程途中，一派欣喜，姚雪垠动情地写道："双十节的前几天，咱们从大别山中走出来，沿路枫叶刚刚红。"

已是 9 月，经过深思熟虑，回到老河口，姚雪垠开始写《春暖花开的时候》。那个时候，敌人天天对老河口轰炸。姚雪垠就与妻子王梅彩带着干粮，到郊外去写，或从农家借一张矮桌，一把小凳子，在草棚里、树荫下和庄稼地里，打开粗糙的稿纸涂画。有一次敌人的飞机从头顶呼啸飞过，投下炸弹。妻子王梅彩惊呼"雪垠，雪垠"，趴在姚雪垠的背上。姚雪垠镇静地说："不怕，不怕。"飞机一过，他照样写作。

12 月初，到汉水前线冯治安部，开展第三次笔部队采访。一路上，非常寂寞无聊，姚雪垠想起了故乡和游击队中许多性格豪放的人。转念一想，也有不少懦弱的人。便决定开始将豪放性格与自私谨慎性格对比描写，构思《牛全德与红萝卜》。

这个晚冬的 15 日，姚雪垠路经八十四军钟毅部双沟，由双沟去枣阳。在三十三军军部停留两三天后，去大洪山采访。冯副司令派他的秘书钟某陪同到各师访问。钟某一路上向姚雪垠讲述他的恋爱故事，并把故事轮廓简单写给雪垠，作为小说材料。一年后，雪垠融入其他材料，写下了《戎马恋》。

1940 年 1 月初，返樊城，作《鄂西北战场的神秘武装》，介绍豫南鄂北一带具有封建迷信色彩的农民自卫组织黄学会。2 月2 日，返回老河口，继续写《春暖花开的时候》。一路上，还写有文学论文《论现阶段的文学主题》《通俗文艺短论》《文艺反映论》

《屈原的文学遗产》。其中一部分曾集为《小说是怎样写成的》一书出版。此外，还印行了《M站》《春到前线》《差半车麦秸》等短篇集。

"我是林梦云，还是黄梅呢？"五福楼的烟铺口，一女子问他的未婚夫。

男青年搓着手，卷着书本说："你是黄梅，没有罗兰的大小姐脾气。"

女子会心一笑。

1940年初，《春暖花开的时候》在重庆出版。胡绳给姚雪垠来信说，第一次印刷是一万册，而且不到两星期便销售一空，不得不赶快加印。而此时，襄阳街头，不少青年男女热烈地谈论着，谁是书中所写的"三女性""三典型"，或所谓"太阳、月亮、星星"。

病　中

这年的4月，温热的天气、纷飞的蚊虫，让姚雪垠的身体在忙碌中煎熬。在写下《春雷集》《神兵》后，笔速慢了下来。不断地咳嗽，疲劳的肺出了问题。

5月初，日本人再次西犯，想打通去往重庆的通道。第二次随枣战役开始。姚雪垠与碧野等撤退到均县，不过几日，战事稳定，又返回老河口。这次，日寇一度侵入襄阳、樊城，老河口不断遭到轰炸。姚雪垠的住所附近落了许多炸弹，不少房子倒掉了。敌人几次要从樊城北面冲过来，一日夜间，长官部指挥笔部队渡往河西。

在这样紧张的时候，白天，姚雪垠带着一叠粗劣的稿纸到郊外，最终完成了《牛全德与红萝卜》《感情和理智》《家的故事》《谈论争》《雷雨碎话》。

12月初，患上了天花。时逢敌机轰炸，未能及时入院确诊，被一中医当胃病治疗。结果，病情延误十分严重，一度在医院的太平间躺了半个多月。5日，在平民医院口述《病中杂感》，谈到"中国医学里一部分也不是经验中累积中得出来的真理，这真理需要我们加以继承发展的，这一点和我们接受封建文化遗产是一样的道理"。

中旬，病情稍愈，随妻子回邓县休养。在邓县，写完了《文学上的两种风格》。认为外国文学之所以能够移植到我国民间来，是因为平民文学的内容和形式具有它适宜的新形式和创造新形式的传统风格。

经过一个月的治疗，身体逐渐康复。1941年1月23日，写下了《略论辞赋的发展道路》，在《阵中日报》发表，长篇小说《春暖花开的时候》因《读书月报》停刊止笔。25日，碧野从洛阳南归老河口，途经邓县，在姚家营，两人畅谈文学创作。

3月初，曾返老河口，因疾病或言论，李宗仁签署了免职令。姚雪垠数日话别后，遂以《阵中日报》记者身份，化名姚冬白，前往安徽立煌，接手《中原副刊》，从此离开奔波三年的襄阳，走上了新的创作道路。

大山的脊梁

宜城有座山，叫马头山。山下有个村，叫马头村。

晌饭过后，马善庭来到马头山下，站在襄南监狱山马水泥厂办公楼前，看一棵梧桐树，满脸自豪的神情。自己说不上是一只凤凰，但确实是厂长贾光吉引来的技术员。这里成就过自己，自己也成就过企业。这几年，他股骨头坏死，走几步总要歇一会儿。山马的地标，梧桐树和水塔，像一双姐妹，又似一对夫妻，见证了襄南监狱的青春岁月。放眼望去，蓝色的天，绿色的山，红色的房，灰色的窑，构成了一幅沧桑的年代画。

他心里知道，这厂子就是自己的家，家里有好多水泥灰里摸爬滚打的工友，有立窑七层八十九级台阶。二十三年来，他就像一座大山的脊梁，从未离开火线。四十多公斤的钢钎，就像他的"如意金箍棒"，每隔两分钟就撬一次，一天下来，至少要撬两百次以上。他和蒋梦辉是一个车间的老伙计，闲下来又是种地，又是养鸡鸭鹅狗，就像养着一个兵团。

蒋梦辉最佩服马善庭，他是湖北省监狱系统第一位全国劳动模范。

塔　楼

大山，有大山的命运。

1962 年，马善庭出生在保康县一个偏远贫穷的乡村，家境贫寒没让他读过多少书。初中毕业后，他到保康县一家小型水泥厂打零工。由于勤奋好学，能吃苦耐劳，很快便成为一名出色的立窑煅烧工。工作的出色增加了他的自信。

不多久，一个决定命运的选择摆在了他面前。1987 年，襄南监狱山马水泥厂刚成立，先进的设备、较大的规模打动了他的心，特别是当时厂领导贾光吉那种求贤若渴的精神让他深深感动。于是，他放弃了原单位主要领导"马上转为正式工人，解决家属就业，提高各种待遇"的承诺，毅然做出选择，到襄南监狱山马水泥厂去成就自己的事业。

这一干就是二十多年。他爱厂如家，始终把企业当作家业来经营，他经常对妻子吴吉珍说："企业就是自己的家，没有了企业就等于自己没有了家。"他经常想，自己究竟能为这个"家"做些什么呢？他说，自己拥有的只有技术、对监狱企业的深厚感情和满腔的工作热情，这就是能为这个"家"奉献的全部之所在。

1992 年，正值监狱考干期间，车间两台机立窑都是犯人操作，而且基本上都是新手，必须手把手地教。为了保证质量，提高产量，他一心扑在岗位上，没有更多的时间去复习，错过了这次难得的机会。

朋友、亲人包括他自己都感到惋惜，但他一直没有后悔过。

在水泥厂，工人上班实行"四班三上"，可为了做现场技术指导，解决一些突发性问题，作为车间副主任和立窑煅烧班班长的马善庭，经常三班连轴转。午饭常常在下午两三点钟才能吃到嘴，有时为了节省时间，干脆就在窑上嚼两口快餐面。由于经常吃冷饭、饮食不规律，他落下了胃疼的病根。水泥厂扩建后有"五三""五四"两条立窑生产线，由于技术人员紧缺，他常常两个窑上跑。六层高的楼塔，一天要往返十几个来回，有时实在爬不动了，就扶着栏杆一步一步往上挪。

回到家中，因为实在太疲劳，上一秒还在与妻子说话，下一秒就响起了鼾声。

妻子吴吉珍说："你在车间里干起活来就有用不完的劲，回到家里，不是鼾声，就是哼哼声，家里的事一点不管。"马善庭累得实在没办法了，就对她说："你多辛苦点，我是车间副主任、优秀党员、人大代表，还是劳模，为了工人们的工资和厂里的经济效益，我不带头干怎么行。"

熟悉立窑情况的同志都知道，窑面上灰多火大，夏天火灼，冬天烟熏，弄不好就头晕恶心。冬天还强一点，夏天站在窑旁边不动就是一身汗，更何况还要舞动七八十斤重的钢钎来撬动那板结的熟料。一天下来，灰和汗搅和在一起，简直成了一个"水泥人"。

在钢钎技改前，直径三十毫米的六角钢针，一年就要用断五十多根。

有些工友曾经感叹道："这用断的钢钎根根都浸透了老马的

血汗啊。"

马善庭不仅带头实干，还带头钻研技术，攀登技术的高山。他团结带领一帮工人兄弟潜心研究生料配比，琢磨如何提高台时产量、怎么节能降耗等。经不断实践，台时产量由 4.6 吨，上蹿到 8.5 吨；熟料强度提升到 60 兆帕，混合材掺入量达到 33%，在本地区同行业中处于领先水平。马善庭在进行局部技改的同时，还协同攻关小组，对立窑喇叭等设备进行技术改造，不仅有效地解决了架窑偏火问题，还改善了通风效果，提高了煅烧质量；将预加水供水系统由直喷改为雾喷，缩短了煅烧和冷却两个环节，使产量大幅增长；将整窑钢钎由六角钢更换为三十毫米圆钢，一年便可节支八千余元。

由于烟熏火燎，他的两只眼经常红通通的，挂在布满粉尘的脸上，就像两盏红灯笼。现在他如果不戴墨镜，一看东西两眼就发花，迎风走路两眼就流泪，灯光一照两眼就刺痛。窑面上不仅灰多火大，有时还非常危险。马善庭同犯人一起操作，密内气压很低，窑面烟火缺氧，他便将操作的犯人换下来休息。结果，自己却被烟气熏倒了，被旁边的犯人发现后送往医务室抢救。但他仅休息了一夜，第二天就照常上班了。

2002 年 6 月 7 日，他又被烟气熏倒了。等他醒过来时，发现自己正躺在医院抢救室里，爱人、孩子和厂里的领导都在身边。

领导说："老马，你不能倒，一定要保重自己的身体，你爱人和孩子离不开你，车间的事也离不开你。"他转过头来，发现身边的爱人和女儿两眼已经哭肿了。

女儿抱着他的头，焦急地说："爸爸，你不能死啊，你死了我和妈妈怎么办？"看着爱人和女儿难过的样子，马善庭的心也很难受。

他怕她们担心，强忍着眼泪安慰女儿说："爸爸没事了，你上学去吧。"

女儿哭着说："爸爸，我上学可以，但你必须答应我两个条件：一是要安心在医院里治病，不要再想车间的工作了；二是要按时吃药，不要再让妈妈操心了，妈妈这些天都累坏了！"

这时，他再也控制不住了，泪水湿润了眼眶。他哽咽着说："女儿，爸爸答应你。你安心学习，也不要让妈妈和我操心，好吗？"在马善庭的一再坚持下，女儿含着眼泪走了。

然而，他还是放心不下车间的事，只住了三天院，便瞒着医生，又悄悄回到了岗位上。

我是车间主任

熟悉他的人说，他像大山一样，有着石头般的坚韧。

2003年元月，水泥厂实行"犯退工进"改革，马善庭的工作又迎来了新的挑战。

罪犯从"五三""五四"两条立窑生产线撤出后，两个车间由车间主任牵头，自由组合各自的人马。结果，有十五个平时调皮捣蛋、责任心不强的工人没人要。当时，水泥厂党委书记找到马善庭所在的"五三"线，跟他商量。他二话没说就接了，并向车间主任保证将这十几个工友转化成熟练工人。

事后，有人对他说："你真傻，这样不就影响'五三'的产量和工资收入了吗？"

他想：作为一名党员，为确保改革顺利进行，应主动为组织分忧解难，更何况是组织找自己商量呢？后来，这些没人要的工友对马善庭很是感激，主动配合工作，在马善庭的真心帮助下，都改掉了坏习惯，成了熟练工人。

改革刚开始时，新上岗的工人思想观念还没转变过来，大多数带有抵触情绪，再加上不懂操作，工作积极性不高。马善庭看在眼里，急在心上。照这样下去，不仅工友们收入要减少，厂的效益也会滑坡。

他知道，这时任何埋怨都是没用的，只能用自己的实际行动去感染他们。

连续五天五夜，马善庭吃住在窑上，亲自舞动钢钎，手把手地对工友们进行指导。上成球下供灰，整个车间就他一个人懂，跑上跑下地教。

有些工友不理解，问他："老马，这窑又不是你的，你玩命干图个啥？"

马善庭对他们说："我啥也不图，只图我们的收入。你晓得不晓得，我们浪费的是自己的时间，耽误的是自己的收入啊！以前罪犯干还能赚钱，难道我们还不如罪犯？"

五天后，工友们服气了，有个工友动情地说："人家马主任比我们班长还少拿二十元钱，连续熬了五天五夜了，他图啥。我们再不好好搞就对不起人了！"

监狱和厂各级领导看到马善庭上上下下样样动手操作，就对他说："老马，你是车间主任，应该有个当领导的样子，不用什么都亲自动手，有的事，你动口就行了。"

马善庭说："车间这些工人才上岗，技术还不成熟，我又是个党员，应该带头做。"

十三天后，"五三"车间检修完毕，他又应"五四"车间的邀请，前去做技术指导。由于连续过度操劳，他两眼肿得发亮，连腰也弯不下去了，手端不了脸盆，洗不了澡。

妻子看到后，当时就哭了。

帮他洗澡时埋怨道："你这是何苦啊！你前几次发高烧，头晕、头疼、胃痛，最后昏迷不醒，要不是我发现得早，及时送医务室急诊，后果不堪设想。你白天上一天的班，晚上睡觉疼得直哼，一哼就是一通宵，翻来覆去地睡不成觉。工作是应该要搞好，但还要学会照顾自己的身体啊！"

马善庭当时笑着说："我是党员，又是劳动模范，我不带头，怎么办呢？"说完一转身就睡着了，一睡就是六天。

马善庭深知，工人干活图的是工资和奖金。改革后，能不能调动工人的积极性，关键看的是经济效益。

2003年1—7月，"五四"线工人每月只能拿二三百块钱，与他所在的"五三"线工人收入差距较大。因此，"五四"线工人情绪很大。厂党委临时决定"五三""五四"合并，让他重点抓"五四"，协助抓"五三"。

一个月后，形势逐步好转，"五三""五四"才又分开。这时，"五四"线工人每月已拿七八百块钱了，他们纷纷要请马善庭吃饭，甚至说："你走到哪里，我们跟到哪里。"

工友们的信任和期望深深地打动了马善庭，他动情地对工友们说："我做得还不够，我要更加努力地帮你们尽快提高操作技术水平，把产量和质量搞上去，超额完成厂下达的生产任务，我不走了。"

经过马善庭和工友们的共同努力，到2004年7月，"五四"线工人最低工资达到一千二百元以上，最高的达到了一千八百元。这时，"五三"线工人又不干了。

2004年8月，马善庭又回到了"五三"车间，他带着工人日夜拼搏，加强操作，强化管理，努力提高操作水平，工人工资从最高一千元变为最低一千三百元，最高的达到了两千元以上。

山不能言，却最为真诚。马善庭总这样想："既然领导和工人们相信我，让我来当这个车间主任，我就要对工人负责，就要想尽一切办法让工人拿到工资，而且还要多拿工资。如果说实干只能出产量的话，那么巧干才能出效益。经过多年的琢磨，我始终坚信一条：要想出效益，必须加大技改力度、降低能耗、节约成本、增大熟料标号、增大混合材料掺入比例。"

在厂党委的支持下，马善庭一直高度重视技改工作。他知道自己学历低，但自己有丰富的实践。他自己配比，算数据，反复实验，细心琢磨。令人高兴的是，经他这一琢磨，还真见了成效：煤耗下降了 40%，一直提高到台时产量 8.5 吨，熟料强度提高了 25% 以上，混合材掺入量达到 33% 以上，这些指标在本地区同行业中处于领先水平。

2008、2009 年，厂里的形势越来越严峻，距离襄南监狱山马水泥厂不足一公里的新投产的葛洲坝水泥厂，年产量达 200 万吨。此外，华新水泥厂为与其争夺市场，恶意竞争，水泥价格直线下降，仅两个月山马水泥厂亏损就达 100 多万元。

职工们思想极不稳定，厂领导想千方设百计提高台时产量，节能降耗，降低生产成本。马善庭作为一名老党员，经常深入职工当中，了解职工的思想动态，调动职工的积极性。

他经常说："只要我们不怕困难，坚持到底，就一定能找到我们的生存之道。"

荆山楚水的大山

大山，是荆山楚水的大山，它不属于一个人。

这些年，马善庭一心扑在车间里，愧对自己的妻子和女儿。

妻子自从跟上他这个不回家的人后，没过过一天舒心的日子。家里的轻活重活，他从来没管过。前几年，妻子吴吉珍没有工作，靠到餐馆里刷盘子、开电摩挣一天的菜钱。她还要照顾年幼的女儿和体弱多病的老人。女儿出生时，马善庭没有守在她们身边。女儿已经高中毕业了，他却一次也没有接送过她上学放学，一次也没有辅导过她的学习，一次也没有好好跟她谈过心。所以，前些年，女儿对马善庭的感情一直很淡。

1997 年 6 月 12 日晚上，女儿突发重病，高烧不退，妻子吴吉珍背着女儿上了医院。马善庭却加了三天的班，回到家里，只听别人说她们到医院去了。当时，他大吃一惊，到处找，终于在宜城市医院找到了母女俩。在病房门口，吴吉珍挥手扇了马善庭两巴掌，哭着说："我每次生病，你不管可以，但是女儿病了这么多天了，病情反复，高烧 41 度，昏迷不醒。我一个弱女子，半夜三更抱着孩子跑上跑下，跑进跑出，医生还以为孩子没有父亲。这个时候，你在哪里？你还配当父亲吗？"

马善庭捂着火辣辣的脸颊，泪水在眼眶中打转。他冲进病房，在女儿的床前大声喊道："军军，军军，爸爸来了！"只见女儿脸色蜡黄，强睁着无神的眼睛，看了看他，却一句话也没讲。他心如刀绞，轻轻地走出房门，站在医院门口抱着头大哭起来。

马善庭的母亲身体不好，长期患病。

2006 年 5 月，母亲高血压、中风，卧病在床，马善庭却从没有照顾过她。她一直念叨的八十大寿，他也没有时间为她准备。结婚二十年来，一直是妻子一个人支撑着家。马善庭说，他不是一个好儿子，不是一个好丈夫，更不是一个好爸爸。在工作上，他得到了许多荣誉，但在生活中，他却对不起自己的母亲、爱人和女儿。但他认为，一个共产党员就是要舍小家，顾大家。当事业与家庭发生矛盾时，只能选择事业。

亏欠家庭的，等到退休后再补偿吧。

2003年大年初一，厂党委一班人到马善庭家拜年，由衷地说："老马，如果说企业是座大山，你就是大山的脊梁。"他听后心里暖烘烘的。由于妻子无工作，全家仅靠他一人工资度日，生活非常困难。各级领导特别是工会领导在得知马善庭的实际困难之后，高度重视，及时解决了他爱人户口及工作问题。

这时，一直埋怨马善庭的女儿也渐渐原谅了他。有一天，女儿自豪地对他说："我在学校可光荣啦！我们班上的同学在电视上看到您获得了那么多的荣誉，都很羡慕我有一个好爸爸。爸爸，我现在长大了，也想通了。明白您是为了干工作，才没有为我操很多的心，我不生您的气了。今后，我在学习上不用您操心了，您干好自己的工作就行。但您一定要照顾好自己的身体啊！"听着女儿动情的话，他激动地哭了，由衷地为女儿能原谅自己、理解自己而感到欣慰。从此，马善庭干工作更有动力了。

一分耕耘一分收获。大山撑起的是人民的利益，执着者必有执着者的勋章。2003年，马善庭当选为宜城市人大代表；2003年4月被授予"湖北省五一劳动奖章"；2004年4月，被授予"全国五一劳动奖章"；2005年，被授予"全国劳动模范"光荣称号。

面对荣誉，马善庭深深地知道：自己只是一名普通的工人，只有在这个灰多火大的岗位上，在工友们中间，心里才能真正感到踏实。自己这匹老马，属于火线，就像他经常对妻子说的："企业就是自己的家。"

高铁时代

老汉，是四川人对成家男人的一种称呼。

在枣阳，有这样一群老汉，值得一说。

已是处暑，车穿过碧绿碧绿的田野。看着一条高铁巨龙从汉江平原腾飞，恍若陷入千年的梦幻一般。在这荆楚大地，沙河之畔，三年前，你真想不到，会有一条旅游铁路，从黄鹤楼，到大洪山，越汉城，穿古隆中，过武当山。三年后，这条最美的铁路竟建成了。透过那一张张密密麻麻的安全网，它漂亮得像戴着面纱的蒙娜丽莎。有一位参建的大学生动情地说："功成名遂还乡笑，阡陌结庐话桑麻。"

有诗人写道：多少个日日夜夜，挥钎在汉江平原，这一群人，他们是谁？风雪中，是谁顶着寒风口子？暴雨来，是谁挥舞着锹的彩练？烈日下，是谁赤膊成钢？说他们是荆楚男儿，不足为奇。说他们是巴蜀汉子，你信吗？

确实是这样。在枣阳市兴隆镇，真有一群巴蜀的老汉。他们有二十七个男人，一个女人，像壮士出川一样，投身到湖北的高铁的火热建设中。他们有一个口号："恪守质量诚信，践行社会责任，建一流汉十高铁。琚湾的酸浆面，巴适得很！"

兴隆镇

在枣阳汉城，车水马龙，有大汉王朝的万国来拜，有黎民百姓的稼禾田园。一座土黄的古城，是如此巍峨。十几分钟路程，一条时速三百五十公里的高铁，与它触手可及。

2015年12月2日，彩旗飘扬，乐鼓声声。汉十高铁在湖北的十堰、襄阳、安陆三地同时进场施工。而枣阳兴隆镇，五标段项目部的党工委书记袁新立却心急如焚：数千工人，已沿三十三公里一字排开，就像擂响战鼓的雄师，独缺一支尖兵。谁？工程监理师。

12月30日，远在千里之外，吉林省伊通满族自治县，寒风肆虐，大雪纷飞。这里是辽长铁路的施工现场，一位长着一副刀割脸的中年汉子满心欢喜，经过三年奋斗，辽长铁路开通运营。

谁也没想到，短短二十天后，他们会在一代帝王刘秀的家乡，欣然合作。一个人，参加过对越自卫反击战抢修任务，建造许多国家级精品工程。一个人，苦战过贵广铁路，攻克喀斯特地形，拿到了"火车头奖章"。

2016年1月20日晚18时18分，袁新立、胡定坤，两个对土木工程一点不服输的一老一少，在汉十高铁黄家凹特大桥第一根桩基浇筑现场，碰面了。

"袁书记，您辛苦了!"

"胡总，就等您来。"

天色空蒙，亮如白昼。施工方案、操作规程、安全策划滴水不漏，指挥长云天才拿着扩音器高喊：起吊! 一台长臂起重吊车，把高达二十米的钢筋笼缓缓吊起，稳稳地矗立在南襄大地上。这一吊，不仅是黄家凹第一吊，更是枣阳境内三十三公里全线第一吊。短短十五分钟，水泥载运车快进场、快施工，伴随着轰隆的搅拌声，混凝土浇筑开始。监理员一丝不苟的神情，得到了两位老总的首肯。

在优良社区项目部，针对枣阳膨胀土吸水性膨胀、失水性收缩的问题，两位老总又连夜进行了专题研究。袁新立说："五标段，路基开挖最深达到十米以上，可纵向分层，平行开挖。"在东北辽长铁路，胡定坤处理过类似问题，好在湖北不存在冻土问题，遂答应道："除排水设置要提前外，枣阳气候干燥，支挡和施工要跟紧。"

一个篱笆三个桩，一个好汉三个帮。袁新立拉着胡定坤滔滔不绝地谈，就像刘邦遇上了张良，从此便有了计策和对策。殊不知，在四川省金堂县三星镇棕榈湖路，胡定坤的老家，还有一件闹心的事。

他母亲病重已有一年之久了。胡定坤兄弟三人，他作为长子，长年在外，母亲住哪家医院？儿子高考找谁补习？他一概不知。这些年，他错过了家里太多的事情。儿子出生，他在达成铁路的遂宁；父亲病故，他在贵广高铁的广州；母亲重病大半年，他又在辽长铁路的伊通。在从伊通赶往枣阳的路上，他一直电话询问着母亲的病情。弟弟说："老官儿，你忙你的。妈身体好多喽，还没得她饭吃嘛。"妻子也说："娃娃儿的事，你也别操心。"

望着窗外，还有十七天就要过春节了。汉十高铁中心实验室建设、王城箱梁场征地、钢筋工棚一揽子活儿要抓在手上。胡定坤想着想着，就犯愁：外出打工的三弟，提前回去了没有？不必挤那没头没脑的汽车。母亲见到自己儿子，一定会说："屋里啥都不缺。在外边也不容易，买什么东西哟。"镇上的店铺热闹着，趁着年关找个好赚头。胡定坤知道，十几年来，铁二院领导悉心培养，好多工程指望着自己独当一面。

2016 年 1 月 10 日，还在吉林省的时候，公司领导李新强就对他说："定坤啦，湖北省汉十高铁公司的领导这么信任我们。川鄂是一家，你是团队的火车头，汉十高铁这块硬骨头，还得你去啃呀。"胡定坤毫不犹豫地答应了。

他深深地知道："一个想做点事业的人，不是工作需要你，而是你需要这份工作。""只有不断地工作，才能实现一个个铁路人的理想。"

这个时代，舍我其谁！

优良社区

2016 年 2 月 20 日，天空飘着雪花，寒风拍打树丫。

在枣阳市优良社区的会议室里，二十八位监理工程师齐聚一堂，显然大家还沉浸在节日的气氛里。一个让人胆战的声音，在空气中传播……

"熊双文！"

"到！"

"刘军辉！"

"到！"

……

这个点名冒火的汉子，叫唐勇，四川成都温江区人，年仅三十七岁，已转战海南、贵州、吉林、湖北七八个工地。自去年底入驻枣阳五标段，每天工作十四个小时以上。王城、兴隆、南城、琚湾四个乡镇的工地，都曾有他忙碌的身影。

"桥梁十六座。"

"涵洞五十一座。"

"箱梁七百八十孔。"

"墩台四百八十八个。"

"我们五标监理人，到枣阳干什么？"

"扛红旗，当标兵！"

"有人说，红旗漫卷汉十，唯我独领风流。我们每一个监理员，就是铁路上的一颗螺丝钉，不当瓜娃子，一丝一扣都松不得，谁松谁垮台！"

听了唐勇副总监的一番言论，负责中心实验室工作的李丹丹，主动请缨要住到三十里外的王城去。她说，"那里是制梁一线的主阵地，一去就花四十分钟，来来去去耽误工时"。见妻子李丹丹表态，丈夫陈胜当即提出："我与丹丹一起去，只要有间工棚住就行。"严把箱梁原材料检验关和工序验收关，夫妻班就此诞生。

"我报名，上工地。"

"李小兵算一个。"

"郭威算一个。"

会议上，响起热烈的掌声。一时间，黄亮、陈宗文、李洪、叶青，纷纷要求吃住到工地。掰着指头数一数，监理站就剩了六个人。

2016 年 4 月 18 日 16 点 15 分，汉十 5 标项目部召开墩帽钢筋观摩会。参会人员首先在 2 号钢筋加工厂杜家湾特大桥集合。在观摩桥梁墩身顶帽钢筋的加工时，监理总监胡定坤阐述了墩身顶帽施工中的注意事项，项目总工李军勤强调了施工工艺及规范的方法的重要性。其后，由二工区总工张春宝讲解桥梁墩身顶帽钢筋加工质量控制流程和技术要求。

副总监唐勇依然抡起他的三板斧——提"高、快、严"，不光是喊口号，更注重监理工作流程和质量安全控制要点。"千里之堤，溃于蚁穴。"他说，"安全施工，规范操作是工程建设的重中之重喽。"

2017 年 11 月 12 日下午 6 时整，四川简阳打来电话："功才，我这两天就要生了！"听着电话那头妻子疲惫的声音，陈功才心疼了。"箱梁架设必须保证安全"，汉十高铁公司领导的叮嘱，犹在耳旁。作为安全负责长，此刻怎么能离开？总监胡定坤知道了功才的家事，劝说道："功才，安居才能乐业，回去吧！"同寝室的李廷辉说："生小孩，就是过鬼门关，千万马虎不得，你的工作，我来做。"陈功才把时间压了又压，九天时间，及时返岗。他与妻子商定，孩子取名陈鹏浩，希望他像湖北的鸿鹄一样，在汉江平原上自由翱翔。

在枣阳市中兴大道，上跨汉丹线顶推钢箱梁立交桥，是疏通工业园区交通的重点控制性工程。黄亮同志主动提出包保钢箱梁顶推监理。顶推钢箱梁属于 II 级营业线作业，一旦出现顶推失误，后果不堪设想。武汉铁路局仅给点作业一百二十分钟，黄亮每天凌晨四点至六点，坚守岗位一线，检查指导各环节安全控制，经过八个天窗点，安全顶推到位。

2019 年 8 月 7 日，汉十高铁综合检测列车以时速 387.5 公里通过英河特大桥，他兴奋地写下了一句话："我骄傲，我是高铁筑路人。"

而此时，他一推再推，耽误了给女儿治疗眼疾整整 5 个月。

民 房

白赤赤的光照在大地上，风掠过绿色的原野。

枣阳市 316 国道南五十米，铁二院汉十高铁 5 标监理站，就租住在一处不起眼的民房二楼。放眼一看，总监室、副总监室、综合办公室、工程监理室、安全监理室、中心实验室、会议室、监理组、档案室竟然像码麦秸垛子一样，堆挤在一起，又那么井井有条。拐角第二个门，标牌上写着"餐厅"。

这就是厨师汤长均的主战场。

俗话说："兵马未动，粮草先行。"饮食起居，是监理人打胜仗、打硬仗的一大法宝。三年前，他丢下安岳老家的老伴，义无反顾地把家安在工地，和儿子汤伟书写着两代人的梦，他们一家两代人被誉为"汉十高铁工地一道最亮丽的风景线"。

1979 年，汤长均还是一个十六岁的毛头小伙子，就在成昆铁路当了一名铁道工。他从学徒工到高级技师，从普通员工到工班长，从工班长到厨师长，无论在什么岗位，他总能干一行，爱一行，脚踏实地做事，认真负责管事，"要干就干出样儿"成为他的口头禅。

高铁对每一位建设者都有较高的要求，厨师长也不例外。作为后方战场，水土不服是一大禁忌。厨师必须了解监理工程师的工作强度，合理搭配餐饮食材。老汤日常工作中认真执行项目部的监理计划，变着花样满足兄弟们的饮食要求。四川人喜辣，湖北人好酸，于是，今天，成都麻婆豆腐；明天，简阳酸菜鱼，整天忙得不亦乐乎。

鄂西北的 8 月，空旷的田野上，一片骄阳，火光四射。工程师穿着防护装，一天要喝十八斤水。每到一个班点下来，浑身上下一定湿个透，跟水里捞过一样。汤长均就熬上一锅绿豆汤，既拔凉，又解暑。"你真理解铁路人！"当工友们报以感激之情，老汤就自豪地说："我老汉儿，是个铁一代，当年战湘桂，斗成昆，也是一条好汉。"

他坚守在工作岗位上，一铲一铲的菜，一勺一勺的汤，是那么的平凡，又是那么的不平凡。

他不可或缺。

个儿不高，光头，眼睛小小的，一说话就笑眯眯的，又没有脾气，老官儿们都喜欢他。他就是汤长均的儿子汤伟，在汉十高铁 5 标监理项目部担任办公室主任。成都理工大学毕业后，他原本计划留在铁二院，因为那里有他谈了五年的女朋友。

时逢国家实施"走出去"战略。2011 年，他去了埃塞俄比亚的首都亚的斯亚贝巴，建设埃塞高铁。2014 年，又去了印尼的雅加达。由于父亲汤长均的坚持，2016 年 2 月，汤伟加入铁二院汉十高铁 5 标监理这个大家庭，先后参建随州测绘、武当山地勘项目。他像父亲一样，干一行，爱一行，精一行，从一名普通的测量员干起，因工作需要，在经历过设备管理员的磨炼后，由于业绩突出，被公司任命为办公室主任。目前，已成为公司监理队伍中的业务骨干。

在汉十高铁进场之初，汉十高铁 5 标人仅用五十二天时间就完成一工区全线八点一公里低压线路的架设任务。在英河特大桥施工会战中，他及时合理调配设备，和同事们一道，仅用两个月就完成58跨特大桥的全部下构工程施工任务，在汉十高铁创造了"英河奇迹"。奇迹产生了，可是，与女友长时间地分隔两地，谁也照顾不到谁，感情逐渐疏远，他的女友最终成了别人的新娘。

没有叹息。在汤伟一家人看来，只有监理团队这个大家庭的大河水满，才能保证每位员工每个小家庭的溪流碧波。汤长均一家两代人，以他们的忠诚和担当，在汉十高铁建设工地谱写出一曲慷慨的高歌。

茫茫天地，不知所止。

你不禁要说，最美高铁，开往大西部，多亏了这支巴蜀铁军！

母亲和她的小白

小白，是母亲的老朋友，是她在乡下看家护院的功臣。

自从父母亲在村里盖上这处古色古香的院落，它就算在这里安家落户了。二十年来，我们三兄弟都进了城，很少回家。父母不想进城，依旧守着一间老宅。

老两口的喜与乐，多亏了它。

父亲晒完稻谷，累了的时候，点上一支烟，喊一声"小白"。不管它在哪，是睡着，抑或忙着，它都头一抬，立马起身，蹿了出来。三步并作两步，翘着尾巴，围着父亲的裤管绕一圈。满眼的欢喜，昂着头，咧着嘴，仿佛要站起来。

解过闷，父亲摸摸它的头："没有吃的，去吧！"它又"嗷嗷"两声，一百个不情愿，慢腾腾地走开，不时地回头。"中午吃啊！"它似乎听懂了，顿时，一翘尾巴，欢欢地跑开。

小白两个多月大，母亲就把它抱回了家。一个春天的时光，长得精精壮壮，雪白的毛，漂染过一样。乡下养鸡，没有鸡窝，母亲就喊："小白！"手一指，它就会飞快地跑去，把院角散落的鸡蛋衔回来。

开春，事忙。父母亲用板车套牛往湖田里拉农家肥，小白也跟着车子，跑前跑后，生怕车子掉到田塍里。父亲一双粗大的手抻起车柄，一车黑乎乎的肥便轰然落在地头，小白赶紧跑开。回程，父亲把缰绳一撂，一声"小白"，它就咬上缰绳，往前劲劲儿地跑。

一个秋天，父亲病了，茶饭不思。一屋子的人，满腹忧虑，出出进进。小白就躲在屋外，偷偷地瞄。中午，就我们爷儿仨，我下厨。叮叮咣咣，去毛、出水、红烧、上色，为父亲做一顿他爱吃的红烧肉。

不愿起身的父亲，竟然撑着腰，抖着瘦成麻秆般皮包骨头的细腿，挪到木椅上。我给他夹了一块，入口，父亲眉头舒展，"味还好，再焖一下，就更好了"。见父亲能吃，不再吐了，母亲欣喜地说："你爹呀，在油坊当大师傅的时候，肥肉能吃一盘子。"我附和着称道，父亲露出久违的笑，充满着人生的得意。

"小白！"父亲艰难地回头。小白就在门口张望。"进来呀！"父亲像劝客人。小白第一次进了客厅，吃到了父亲的最爱。吃过，它就卧在父亲的腿弯里。父亲一边摸着它，一边嘶哑着嗓子说："自从新房子盖起，它都没进来过。"

我们最终没能挽回父亲的生命，他去了天国。出殡那天，小白伏在父亲的棺椁下，一脸忧伤。人走了，它竟追了几步。三天后，哥哥把母亲接进了城，小白就托付给了镇上的小姑父，让他去村里照顾。过了几个月，母亲说："来回要三四十里地，老是麻烦别人，也不是个事儿，把小白带进城里吧。"儿子们同意。狗通人性，算是一家人。进城，也是一件善事。那天，小姑父用麻木三轮车把小白带到十数里外的镇上。这两天有集市，小姑父打算等有了时间，就把它送到城里。可一不留神，小白却不见了。打了十几通电话，问了一街的人，都没有见过小白。找了一夜，也没找到它的影子。

第二天，匆匆进村。刚到家门口，看见小白灰突突的，一身露水，在栅门边欢欢地摇着尾巴。母亲听说后，感慨道："'儿不嫌母丑，狗不嫌家贫'啦，可怜它，家里都没人了，它还守着这个家。"

不几日，母亲回到村里，小白高兴得上蹿下跳。"小白！"母亲一指笤帚，它飞快地叼了来。扫完地，母亲侍弄菜地，它就在地沟打滚。一百多里外，母亲伴着小白，守着家，不过，我们三兄弟的电话更勤了。"妈，怎么样？"

母亲说："好着呢。"

楚林：以文字煮本草，好药医病，好文医心

楚林性情温婉、才华横溢。几年前，时任省委常委、襄阳市委书记李乐成向全市推荐楚林老师书籍时说，"以文字煮本草，好药医病，好文医心"。又一年，时任市长郄英才在会见中国著名作家采风团时也说，"希望各位作家通过深邃的目光和笔触，体味襄阳的深厚底蕴和文化资源，支持襄阳、宣传襄阳"。楚林的散文创作，从一个侧面宣传了襄阳。作家刘兆林在《襄阳儿女》中写道："楚林是襄阳儿女智慧的化身。"楚林新书出版发行，确实值得给予高度评价，那么，为什么楚林能够在短短的几年时间写出让世人惊叹的文章呢？

读楚林的书，我感觉她信手拈来，又充满韵味。

楚林有洞察生活的灵气。最近《长江文艺》刊发

了楚林的长篇散文《岐黄的天空和大地》,文中第一部分,写了去为一位乡村老人把脉的故事。文章写道:"姥爷快步走近,紧紧握住老人双手,摸了摸脉搏,看了看面相,然后就转身蹚出房间。"楚林不知缘故,走了半里地才追上。姥爷一见面就训斥:"耽误那么长时间,在等什么,等着气散吗?"生老病死,世事轮回,这是生活中一个很小很小的细节,作者敏锐地捕捉到了,她把它上升至天地之象,从特殊到一般,文章继续写道:"百病皆生于气""人生于地,悬命于天,天地合气,命之曰人。"深入浅出地写出了中医阴阳契合的科学道理。楚林的文章之所以受欢迎,是因她把中医的深奥玄妙,化作了生活的日常。她的文章不仅具有文学的美,更具有人性的美。

楚林有草木同生的情怀。《遇见最美的本草》序言中有几句话特别吸引人,她写道:"古朴简约的陶罐要盛入本草,也要盛入风霜、雨雪、阳光、月色、忧伤和深情。这样煎熬出来的药性才更深刻,有隐约经年的暗香。"这样的语句,简直就是诗。她继续写道:"会爬的金银花,最不老实,本来住在阳台上。翘起尾巴,开两朵小花,咧着嘴笑。这个时候,真想把它摘下来,做两个耳环,清清的,凉凉的,一边戴一个。再穿上那条绿色束腰长裙,腰肢一动,两朵淡淡的清香,在脸颊边晃来晃去,该有多美。"楚林是名中医,出生于襄阳薤山脚下的中医世家。可以说,我们遇见的中医成千上万,但身为作家的楚林却把她的感情融入了中草药,描摹了一个又一个活灵活现的灵魂。

楚林有超脱生活的气度。散文是一种个体生命的体验。它抒写的是作者个人对自然、对人生、对生命的感知。这种感知其实是以作者的生活体验、生命体验、艺术审美方式为基础的。描写一处山水景物,如果没有个体的生命体验,那就没有丝毫的人生意义。我非常欣赏楚林在《诗意的栖居——菖蒲》一文中的一段话:"一好友为精神病院医师,他用药最是偏爱菖蒲,其开的每一张处方上几乎都有菖蒲。他常说,天才与疯子只是那一步。精神病患者其实大都天资过人,可聪明总被聪明误,菖蒲的醒功最适合用来唤醒那些躁狂与抑郁的心灵。"我觉得写得非常有趣。谁是天才?谁是疯子?一株草药化解了人世的纷争。说明她真心体验了生活。

散文家刘亮程说:"我的散文只是一个人的自言自语,对风说话,与草言语。没打算打动谁。有人倾听,既是相遇。"我想,只有我们像楚林一样用情用心写自己熟悉的生活,才会让文字发光。只有用心,才一定有人倾听,既是相遇。

姚文静:一个风花雪月的女诗人

我不是诗人,品诗也说不上多么会鉴赏。像凡夫、谢伦主席是诗人、作家,更是专家,更有发言权。但我觉得,文学艺术作品,无论小说、散文、诗歌、摄影、书法、美术,内容与形式总是相通的。读姚文静的诗,有一种直觉是情美、境美、人更美。

姚文静的诗,敢于表白自己的心迹。这是难能可贵的。她不唯上、不唯书、只唯实,没有假大空,每句话,总有生命的张力。譬如《雪语》,她写的是梨花,但又可以说她写的不全是梨花。诗文写道:"从上个冬季,到这一刻 / 我走得太久 / 我曾躲进满树梨花 / 就着春日,为你舞尽温柔 / 怎奈雨声太急,莺声太稠 / 我只能藏紧心事。"诗写到这里,我们不禁想到,一个多情的女子,在如雪的花海里穿行。她化作了梨花,梨花是人,人是梨花。"她甚至 / 化身芦苇,在你的江岸一夜白头 / 任北风的哨子,将我/吹轻，吹碎，吹柔/吹成无数只蝴蝶的模样/只为今夜，在你的怀里。"如此，作者把情感穷尽在春夏秋冬的物象里。是写梨花，也是写雪花的凄凉，更是写雪一样无奈的感情。语言，充满着对生命深沉的咏叹。

　　一首好诗，必须能给人以唯美的联想空间。我们经常说"大漠孤烟直，长河落日圆"，一直一圆，"至简至大"，简直就是一件宏伟的摄影艺术作品，是谁在大漠中行走，是谁在长河中荡舟？无论环境多么恶劣，总有人在生存，生命的力量多么伟大啊！姚文静的诗从小处着手，在草木间做文章，创造出了另一种意象的美。在诗《小蔷薇》中，她写道："我要止住，暗哑的琴声/我要扶稳白月光/消瘦的马背/我要与你重逢/勾住，细细的尾指/不失不离/好似，五月的衣襟上开着小蔷薇。"为伊消得人憔悴，作者用"暗哑、扶稳、消瘦"短短的几个词语，把一个受伤的女子写活了。诗集琴声、白月光、马背、蔷薇于一体，如此浪漫的不同的物象，化作了一种思念，从而达到了"君问归期未有期，巴山夜雨涨秋池"一般的艺术创作效果。

　　我们不少作者，总是学不会用自己的语言写作，而是邯郸学步。为什么有的作者写了十几年，却没有多大长进？就是没有把我的思想、我的情感、我的真善美，融入观察的物象中，没有对它们进行解剖和重建，呈现出美的作品。姚文静的诗，不仅美，而且真。我想起了一首诗《无法》："你无法，让落花回到枝头；也无法让飞蛾，再次藏入蛹中。因为你，无法忽略它分离时的决绝，和它初现时的悸动以及，它怀了一世的风雨，和蜜一样流淌的情愫就如同，你再也无法重拾一遍，青春的仓促。"诗人感慨时光的流逝，它是那么决绝，君已不再"二八女子"，青春不再呀。短短的无法两个字，写出了《卷珠帘》《西海情歌》一样忧愁的美。

姚文静的诗，已在思想的凝练、选材的角度、语言的推敲、手法的多变上，准备好了，愿她能写出更好的作品。

尤小红：童年是块化不掉的糖，舔着过去记录它

一个写作者，能够沉浸在自己的心境之中，舔舐自己的情感，回味生活的一份温暖，找回一份幼年的童趣，是难能可贵的。枣阳尤小红的《小时候的故事》算是一例。又如丹江口叶忠春的《走出尘埃》，都是以日志体的形式书写生活平常的一类作品。

我与尤小红是戊戌年七月认识的，只是在一处旅行，交流不多。凭直觉她是一个直爽、热辣的人。后来知晓，她与我一样，也是一个有乡土情怀的写作者。就像她所述，在这本书的字里行间，仿佛能呼吸到父亲的酒气、闻到父亲的汗味，甚至能感受到父亲骑自行车上坡的气息。她一步一步走进自己的内心，复原着生活的过去，过往的一点一滴。诸如姥姥的平和、父亲的文雅、舅母的泼辣，恍若就在我们身边。可见，小红是一个忠于生活的作家，忠于所见所闻的写作者，用自己的一颦一笑感受着生活，体验着生命。

有时，人们对生活的磨难，做到一份释然，真是不容易的。丰子恺释然了，他把一首诗刻在自己的烟斗上，"吾爱童子身，莲花不染尘。骂之唯解笑，打亦不生嗔"，吸一吸，一切都化作一股云烟，一切都幻作美好。《小时候的事》就是这样美好温暖的一本书。她的故事发生在二十世纪七十年代，在那个物资匮乏的年代，割麦、种菜、养鸡、摘果，是社会开化的一个缩影。断

断续续几百个小章节，就像一张张新奇的幻灯片，记录了1978年前后的世情百态，让人回溯了生命的河流。

读《小时候的事》，我觉得有几个方面值得玩味。

它像划过一个时代的流星。那个年代，上三四年级，最想得到一个黄挂包、一双解放鞋。家家户户想跳农门，乡里女孩子叫芬、芳，城里女孩子叫雁、丽。三爷来家做客，晚上睡觉不洗脚，他说昨天已洗过。喜欢随地吐痰，吐过后一定要用脚踩几脚。在这个社会大转型的时期，这些都给了作者很好的写作源泉。文学的意义，就在于它通过一支笔记述，写一些难忘的、有趣的，写着写着，给自己一个坐标。书中写到，有一次，与舅舅坐火车去武汉。窗口一本书大小，我充其量是个半票。可由于好奇，踮着脚往里看，正好售票员也想看我的身高，结果他说一声"全票"。舅舅说我傻。从一定程度上印证着，社会的一切变化，正引领着社会底层人们思想的更新，触动人们的好奇。

1967年，尤小红出生了。在那个年代，母亲想喝糖水、吃油条，但这些都是没有的。家里买了荸荠，因为贪吃，作者右大拇指都剥出了血。一方面，写出了童年的贪嘴。另一方面，写出了那个时期物资的匮乏。这也难怪作者吃百家饭，东家吃了吃西家。但一家人终究承受了下来，走过了那段贫穷时光。父亲是一个讲究生活的人，读书、养花、餐饮，都是一套一套的，的确良白衬衣中午洗了下午再穿。那个年代，以父母为代表的劳动人民，最终没有陷入沮丧和沉郁，他们晒伏酱、种豆角，总是乐观地过好每一天。

一个写作者的可贵，在于他有一个自由的灵魂，它可以在自我的认知中自由飞翔。《小时候的故事》涉及自身大多直抒胸臆。可以自私，与妹妹争宠；可以倔强，打死都不跑；可以贪婪，吃坏了牙；可以自恋，瞧不起河南老家的人把饺子说成"扁食"，把牛肉说成"偶肉"，叫父母为"孩"。就连奶奶说"这妮咋不白呢"，她也一百个不满意。阿姨说，"白呀，白得与煤球一样"，她却执拗地说，"白得跟雪花一样"。这些迸发出来的情感，是生命的自然反映，让人读过以后，不由得会心一笑，这就是童年的率真，是一种童年的幸福。

普希金初学写文章的时候，总爱引用别人的文字。当他把作品交给老师批改时，老师就说："一个成功的作家，大多会用自己的语言写着，才会写出很好的作品。"从此，普希金的写作才真正走上正轨。尤小红正努力用自己的语言写作，我认为这是一个值得提倡的路子。书中写到，春节守夜，印象最深的是在炭火上用瓢子壶烧水。瓢子壶实际上就是铝水壶，可一个瓢字，描绘了襄阳人的生活状态，也体现了襄阳人的生活习俗。过年走重要的亲戚，才拎一块肉，那叫"礼料"，"礼料"轻则两三斤，重则五六斤。又如农人犁地嘴里的"咟咟""咧咧"，都把地方人文风情描摹得十分到位。就像贾平凹先生说"有些话，只可意会不可言传，说出来就变了味""有些话必须说出来，那才是一方水土养一方人"。

尤小红说："童年是一块不会轻易化掉的糖，舔着我们的过去，我想忠实地记录它。"她做到了。我想，作为一个时代的记录者，从泥土走出来的作家，能够把笔头对准黎民百姓，尤小红又一次重生了，她拓展了自己生命的广度和深度，她是幸福的。

吾乡

WU
XIANG
WU
TU

吾土

另一种叙述

进入腊月第一天，天格外蓝，水格外清，觉也格外通透，置办年货的忙碌仿佛与自己无关。写下这样一个题目，我觉得心里就像这午后的阳光，是暖融融的。郪，是萧何的食邑。郪，《说文》释义为"聚也"，大约一百家。这汉江之城，叫过阴城、乾德、顺阳、光化、老河口。读过一些书，还是觉得叫郪好，起码，它老而弥坚，有一些文化的味道。

河北藁城、邢台、廊坊有疫情，街上有防疫宣传的喇叭声，"戴口罩，勤洗手，一米远"，也有扯着河南腔调的叫卖声，"面包，手撕老面包，鸡蛋糕"，反反复复，是一个女子脆悦的声音，三十来岁，她把着两层的推车，在中山路游走。"刘记黑芝麻汤圆，糯米甜伏汁"，这沧桑的呼声，刘记一定要与黑芝麻汤圆断开，甜伏汁后拖着长长的尾音。老妇人的三轮车就停在人民银行门口，斜对面是清真寺。因为附近有回民居住，店铺一挂一挂的牛羊肉格外多。友谊路口，放一簸箕，男人守着，却叫出女人的声音，"豆包，酸菜包，绿豆面条噢"，尾音很细，上扬。这一街一巷的人，有三成是河南迁来的。街上碰面打招呼，张口就是"杨老二，抓子克的？"硬邦邦的。意思是干吗呢。也有东北的，"道里道外的，挂电话呀。"一听就是哈尔滨那疙瘩的，他们是三线建厂搬到苏家河的。

听着街市的声音，南来的北往的，民风淳朴，其乐融融。古时，鄳处在秦楚对峙、宋金交割之地，普通百姓的悍暴脾气也是有的。这几天，我听来一个母亲生病的故事。"嘟嘟，嘟嘟"，是微信电话的声音。它从城里打来，在一个家庭群中。接听人知道是谁，也知道是什么事，却无法去接听，也不愿去接听。"二孃脾气倔，别吼她。""××与她跟敌人一样，她血压高到一百八，把药扔了。""要不，把她送回老家去。要死要活随便！"这话是霸道的、硬拗的，就像利剑一样伤人。《弟子规》说："弟子规，圣人训。首孝悌，次谨信。""亲有疾，药先尝。昼夜侍，不离床。"不管你是何等富室，不宜摔碗，骂街。"老×，老×的。""不去！也给×们抬到医院去。"是粗陋。

在鄳阳路居住时，邻居曾讲过一个袁冲牧场村小偷的故事。某个冬天，村书记出访往村里走。旷野的田畴，独独站着一个人。书记欲去搭话，那人却撒腿就跑。走近一看，是一处红薯窖。上有一绳，书记便去拉拽。窖中有人声："装满了，拉。"等盗者上到地面，见状扑通跪地。"家有老少，三日无粮。"书记知道，这年头自然灾害，家家缺粮少米，便挥挥手，放了他。这应该算是一种善行，说明鄳人尚好修节义。

记得 1987 年的冬天，我尚在胡营读初中，接到家里的讯息："你奶奶病了，要你回去看一眼。"一方湖田，围着一个村子，我家在村子的角落里，就似一个破落户，上不了台面。"哎呀，那是胡四娃子的娃儿。"冷风刺骨，光秃秃的楝树下，几个木匠抡着镘头，锛木。这里有人将死、即做棺木的习俗。土坯房紧邻脏乎乎的水沟，阴冷阴冷。南偏房里，奶奶着一件灰黑色的大襟袄，靠在床帮上。她围着厚厚的被褥，耷拉着头，垂着目，手里攥着一个搪瓷缸，不停地咳嗽。奶奶得肺气肿很多年了，医生说就几天的事。"斌啦。"弱弱的声音。奶奶叫我。她每叫喊一声，都要咳嗽，使出无尽的力。端着瓷缸，我站在床前。"咳，咳。"她孱弱无力，散乱着发，嘴贴在缸沿上，无助地荡一荡。"斌啦。你要对你妈好。"她艰难地抬起头，睁一下似睡非睡的眼。"她也不容易。"然后，依旧耷拉着头，不再说话。那个年月，我家依然穷困潦倒。住校读书，没有生活费，仅有一月一袋米，一周一瓶肉皮萝卜丁。我对母亲是有怨恨的，奶奶都看在眼里。人之将死，其言也善。

无论贫穷，抑或富有，孝义是根本。无论何时何地，孝道善行是不能变的。父母老了，都要善待。

偏安之地

以我的态度，郑像汉中一样，纯属偏安之地，为世人所不屑。萧何能够接受这一封地，算是一个明哲保身的大智慧。司马迁评价他，"置田宅必居穷处，为家不治垣屋"。那么，一座食邑，穷到什么程度呢？

据史书记载，这里既涝又旱，饿殍遍路。实录有疫灾、水灾、旱灾、蝗灾、雪灾达八十九次之多。北宋初年，才在汉江上筑乾德石堤，防洪防涝；越数十年，引导百姓制作布瓦，弃盖竹屋，以防火灾；县城多次更筑，屡次毁于汉水，城望若孤舟。明万历年间，羽毛齿革仍是交易的主要货物，吃的粮食多靠借贷。清道光年间，襄阳知府周凯倡导种桑养蚕。乾隆八年，大风拔木，覆船甚众，雨雹伤稼，甚至出现了人吃人的现象。

明代有官宦撰写"鄀阳八景"，只不过为引诱老百姓出山垦荒罢了。我的祖上，就是从江西迁应城，沿汉江北上，一路垦荒而来。

站在汉江边，鄀头就在三里桥向西的韩家巷，曾有高古台、萧何祠等景观。如今，都是浩渺的江水。

一穷千年。鄀，地处鄂西北。从秦置鄀县，到唐置鄀州，后省入谷城。周遭多是崇山峻岭、低山丘壑，十年九旱。经济社会情形有所改观，商贾辐辏，是二十世纪三四十年代的事情。囿于战事，国民政府第五战区长官司令部进驻老河口，一时，船帮、商铺、伶人、兵痞云集。码头上，出现"七十二步不见干"的奇特景象。

老舍《剑南篇·老河口》就有这一时期的写照："三步一家茶馆，五步一座戏园，河南坠子配着单调的丝弦，汉调京腔争鸣着鼓板，如雨的汗，不断的烟，山东的马戏人海人山。柳荫下，大道边，五光十色尽是小摊，私货杂着土产，瓜枣配着冰莲，南腔北调的吆唤，九州四海的吃穿。"二十世纪七十年代，修建丹江口水库，穿山凿渠，灌溉良田百万亩，鄂西北才甩掉"吃供应粮"的帽子。所以，我说鄀地是萧何食邑，名不副实。欧阳修任乾德县令，直呼"既陋又穷，不足与讲谈"。

1988年6月，我参加中考，住在大桥路一个鄀阳饭店里。地上打着通铺，一群娃娃，叽叽喳喳的。懵懵懂懂，不知读书何益？参加工作后，暂住鄀阳路一间瓦屋里。遇上雨季，外面大下，屋内小下。二十年前，机构改革，尚保留了酂阳街道办事处。彼时，酂是县，从窑屋川向南，陡沟河与谷城接壤，绵延数十里。此时，酂是街，从胜利路向南，接上海路，含王府洲，萎缩到五六里。如今的酂城遗址，在光化街道办的韩家巷，不是光化县城，也不属老河口镇。像一个王府的千金小姐，沦落到民间，蓬头垢面，汲水为生。

在这偏安之地，若要寻访乡贤的话，我认为，不妨寻访三位读书人：娄寿、欧阳修、袁书堂。娄寿是隐而不出，欧阳修是贬而复出，袁书堂是出而省归，都是兼济天下的贤达。娄寿，光化县人，祖父当过朱爵司马。他隐居山林，朝夕讲习，郡县礼请，终不回顾。乡人门下作《玄儒娄先生碑》，可与《礼器》《张迁》媲美。欧阳修与官宦争论，贬夷陵，后迁乾德，访贤问能，兴学传业，以文治天下，成为一代名家。袁书堂破康梁学说，考入武昌警察学堂，携子女投身革命，后返乡开办扶贫学校。

酂虽地偏人陋，但三人却能胸怀天下，学高为师，是谓贤者。

坐　唱

坐唱，指的是演戏。《七律二首·送瘟神》中有一句："坐地日行八万里，巡天遥看一千河。"或许，这就是脱胎于戏剧。一马鞭就是千军万马，一桌二椅就是官府衙门。酂地人爱听爱唱。"三天不吃菜，看看周新爱；三天不吸烟，看看张凤仙；三天不喝茶，看看刘玉霞。"公园里、码头边，总有一出一出的戏，咿咿呀呀，话世事变幻、家长里短。

酂，出川陕、去中原、下汉口，是个码头城市，自然有戏曲的基因了。不说西皮二黄、豫剧，单说大越调就有它的故事。

《襄阳府志》曰："民多秦音，俗尚楚歌。"楚歌就是大越调，是秦腔进入湖北，与襄阳腔融合的一个剧种。戏剧家阎俊杰说："大越调是李自成盘踞鄂西北从同州带来的军戏。有梆有板，击打为戏。讲究眼起板落，强弱对比，律动跳跃。"那个时候，春耕秋收，自给自足，出行多是靠船。船靠岸，歇宿、喝茶、听戏是自然的事情。耳熟能详的摇篮曲，就有"拉锯扯锯，舅舅来看大戏。看啥戏，看大剧。打鸡蛋，摊油馍"。二十世纪七十年代，鄂西北修引丹大渠，工地上、村庄里，经常有戏，唱的就是大越调。我年岁尚小，识字少。台上唱：君臣们（啊）——（"过门"）——打——坐在——（"过门"）——皇府殿（哪）。过门太长，没听明白啥意思。我就趴在母亲的后背上，呼呼大睡，留下一摊口水。

在鄅地，女旦的名角当属汪爱枝。二十世纪三十年代，她出生在普宁街。汪爱枝家几代人以打剪子为生，俗称"北有王麻子，南有汪大昌"。耳濡目染，汪爱枝爱上戏曲。1953年，街道组建了一个业余演剧队，年仅十五岁的她受邀登台演出，不料一亮嗓《刘海砍樵》，一炮走红。襄阳地区曲剧团、京剧团都争着要录用汪爱枝，当时她所在地舍不得她走，便决定成立以汪爱枝为台柱子的"光化县豫剧队"。女儿五岁，为不耽误演出，她就把女儿放在板车上，送戏下乡。多年磨砺，汪爱枝成为湖北戏曲界名角。中日建交时，汪爱枝先后在东京、大阪等地演出《龙江颂》。日本友人中岛健请跷起大拇指赞叹："真是个好艺术家！"

有时，戏也能改变一个人的命运。段志华是个戏迷，从小就学西皮京剧"一马离了西凉界"。一次，一个角儿被"坏人"一刀刺死，他竟跑到后台看那人是不是真的死了。爱戏发狂，段志华拿大顶、老虎跳，不输他人。十三岁半，就录入和平剧团。年龄虽小，他却一心想演主角，不愿跑龙套。一次，日场演出《关羽挑袍》，他出演马童与关羽配戏。那天黑板上写着 ×× 演出马童，而段志华在四个龙套中，一看来了气，就跑出去玩。回来后，业务团长将他一顿狠批。又一次，演出《水帘洞》，他演小猴。有一场，安排的是当孙悟空在台上一摸耳朵，段志华便扔金箍棒。因想演孙悟空，当悟空扮演者摸了耳朵向后伸手要金箍棒时，他故意不给。转身又要，还是不给，闹个哄堂，又挨了批。二十世纪六十年代，禁演传统戏，段志华被下放农村。他开始反思人生，劳作之余，读书读书再读书。

1977 年，文化馆老金拿了本《山西故事会》，说有一篇农村知识青年学科学、爱科学、讲科学的故事，让段志华写戏。他经几番斟酌，设计出一部寓教于乐的轻喜剧，一举列入湖北省创作剧目会演。两年后，因为戏，他返了城，进入文化馆。一次，我遇见段志华从江边舞剑归来。他写好了《良知作证》，我笑说："段老师，宝刀不老。"他一头银发，乐呵道："演戏四十年，工资三百元，有钱买柴米，无钱买油盐。"言语有些夸张，却道出戏剧人一生的不易。

向死而生

2020 年春，鄂地确诊有新冠肺炎患者，一时人们不免有些紧张。一辆要出发的汽车，一对戴着口罩的年轻夫妇，丈夫轻搂着妻子的肩膀，妻子头深埋在丈夫的胸膛。这样的一幅中国画，把一种眷恋、一种不舍，不经意地浸染在纸上，一下子击中了我。我赋予它的名字叫"向死而生"。

画的作者是一位女士。小城优雅的诗人、画家。

我认识这位女画家，与她一起参加过几次活动。她的画，大多选材牡丹、秋菊、残荷，工于传统技法，钟情于空蒙和灵韵。不承想这样的一幅画，她大胆汲取西洋油画的写实笔法，将人物渲染得如此逼真生动。我以为读一篇好的散文和小说，它的描写可以是气韵生动、行云流水，富有胸中山河的画面感，而一幅中国画，能像小说、散文一样，让感情流淌出来，实属不易。画中男主人公的低眉垂目，女主人公的颤肩依偎，都基本达到了精妙的契合与呼应。

在这样的时刻，仿佛谁都不愿意轻言一声。

武汉病了，鄂也不例外。"国有难，我必行。"这幅画描绘的，是疫情暴发丈夫将要出征、与妻子告别的故事。马达已响，车门欲关。这一次远征，不是儿女情长，而是视死如归，生否死否，谁也不得而知。大家与小家，责任与义务，像一场狂风暴雨交织在一起，风越大我越行。车窗上的两孔玻璃，是一双明亮的眼睛，是感动，是热泪，是此心此生的无憾。

或许，这幅画讲的就是这样一群人。他们是来自宁夏医科大学总医院、银川市第一人民医院的援鄂医疗小分队。队员陈杰说："哪有什么天生的英雄，只是人民需要，你便责无旁贷。"护士刘鑫说："很多人问我怕不怕，其实我也害怕，但患者的需要，便害怕被瓦解了。"

《向死而生》，与其说是一幅画，不如说是一首诗，是按下手印的前行。这位作者说："那按在白纸上，殷红的不仅仅是手印。那是父母的孩子，是孩子的父母，是恋人的挚爱，是伴侣的至亲。是即将燎原的星火，是大雪中怒放的红梅，是清晨的一抹朝霞，是一颗颗跳动而赤诚的心。"

落笔时，我又看了这幅画作，它没有正式题名，只在后边附有一首长诗，画随诗而名。左下角有落款、盖有方章，两个字：李默。

酂地再弹

"月亮走，我也走。我跟月亮下河口。"这民谣唱的，就是汉水流经的楚地老河口。这码头的居民，有南来的，有北往的，人走了一茬又一茬，唯一不变的是这一江水、这一方土地。

擂鼓台

汉水，从均州过羊皮滩，就到了酂阳的地界，现在唤作老河口。经沙陀营、富乡村、屹儿崖、窑屋川转一个大湾，向东南流去，便能看见突入江中的酂头了。有人说，在这个船桅靠岸的地方，你找把铁锹随便挖下去，就能刨出一块千年的城砖来。他说得不假，这里曾是酂城遗址，是西汉丞相萧何的食邑。

酂头南去三里地，有一座擂鼓台，是击鼓传令、排兵布阵的地方。锣鼓响起，犹如船之旗语、牛之号角。三千里汉江，出均口峡谷，江水开阔，进入换船挂帆的平原地带。郧城成为南船北马、水路漕运的军事隘口，锣鼓是这座关隘的命门。

北上打仗，若不熟悉均、郧两县的水情地貌，视情势而行，只有偃旗息鼓走他乡的败局。相传，499 年，齐明帝萧鸾派太尉陈显达北伐，兵船行到均口，郧阳人冯道根献计：均水急，难进易退，不如悉于郧城，弃船取陆，建营相次，鼓行而前。显达不听，结果败军夜走，依赖道根指路方才得以保全。

南下攻伐，不明了郧阳地宽水阔、船大帆扬的运势，也会吃尽苦头。1161 年，金人刘萼背盟入境，欲用水师攻战襄阳，在郧地茨湖与宋军对阵。因金军船小载少，而宋船大载多，金人立足不稳，宋将史俊把数十名鼓手埋伏在指挥作战的大船上，击鼓挥旗，宋军听到鼓声，各条战船从江湖掩杀而出，震天动地。金兵惊慌失措，落水者无数，大败而归。

乙未年冬，我踏上擂鼓台这块土地，去寻觅、去感知、去想象郧阳锣鼓背后的时空与承载。擂鼓台，在江水的侵袭下，虽已失去了原有的踪迹，沦为一方荒芜的田野，但它东依马窟山下，北靠牛头山脊，西邻汉江河埠，威武的地势尚保留着一座城郭的自尊。日里炊烟袅袅，鸡鸣犬吠，农夫荷锄，牧童晚归，田园牧歌的祥和与活泼荡漾于汉江的原野之上。

锣鼓之音，有吗？有的。

余光华是郧阳锣鼓的整理者，谈及这古老的战鼓，他总是眉飞色舞，如数家珍。它起源于春秋战国，形成在楚汉之争，经过两千余年的不断演变，明代简时登后裔简正义将它由战场传入民间。它有四个乐章——"楚汉争天下、四面楚歌起""烽火戏诸侯、戍边传军情""鼓声震天威、将士凯旋归""郧阳夕阳照、国泰民安居"。

一日，我们见到一乌泱乌泱的方阵，正用大鼓、大锣、大钹等乐器演奏着战鼓。百人披甲执锐，威风凛凛。这就是鄀阳锣鼓。双手持槌，其鼓点轻如漂、重如雷、快如风、急如雨，轻重缓急恰到好处。鼓声乍起，万山为之抖擞；锣声一响，大地为之喧哗。和那些斯斯文文的琴箫琵琶相比，则更显得古朴、雄壮、威武、激昂。演练中配以呐喊及古朴的民间舞蹈，节奏张弛有度，场面活泼热烈。

我与朋友讲鄀阳锣鼓的事，语气极尽傲娇。朋友不屑一顾，听罢泼了我一头凉水。他说，群情激昂的战事，是不会受世人推崇的。迎春之际"管弦开导"，清明节踏青"喧鼓乐，携酒食，标幡冢上"，中秋祀月"列西瓜月饼，鼓乐灯彩送瓜，以兆绵瓞"，除夕夜"鼓乐守岁达旦"，婚嫁有"鼓乐彩轿"。在老河口，狗撕咬、十样锦、金枝令等曲牌的鼓乐才是期盼祥和、名扬一方的精粹。自然，我无法赞同他的观点，战鼓和乐鼓，就像战争与和平一样，战为止战，殊途同归，皆为一方平安，无论谁是谁非。

走过擂鼓台，穿过几条街巷，恰巧有一队锣鼓从街上迎来，我听到三个人在评判锣鼓的振奋。陕西人说燎，河南人说中，湖北人说美。

詹记酒家

过大年，我是酒客。

撩开门帘，走进一间低矮斑驳的屋子，就能闻到酒香了。

不是晚饭时间，六七个汉子就早早地坐在这酒坊里，一人一把木靠椅，面前放一方凳。凳子上，有一海碗绵柔的黄酒，一把花生，或者，一袋兰花豆，就够了。掰一粒花生，往嘴里一送，咂一口美酒，那感觉，倍儿滋润。

不管来的是谁，我自酒海赏明月。

找这样一家酒馆，得从河埠口岸上寻起，要七拐八拐，扭个三道湾，找一条叫乐盛街的老巷。往北，是山货行的深宅大院，往南，是巡司衙门的地界。西头，紧挨正兴街，是船帮混杂的码头。纤夫们下汉口，上安康，像放飞的鸽子，出门月余，风尘仆仆，回来落了巢，总会拿几个铜板，往曲尺柜台上一扔，佯装有钱人："老板，来碗缸撒。"缸撒，自然是上等的好酒了。

不知过了多少年，自从丹江筑起了大坝，船上生意就萧条许多，山货都顺公路装汽车跑了。船上的人闲了下来，兜里的银子少了，但他们依然眷恋这条老街，喝这里的黄酒，一把花生米，一碗美娇酒。花钱不多，就可掬一口这老街的沧桑辛酸，品一品生活的平平淡淡。

酒客们微醺中聊起家长里短。这酒，就像海碗中映出的日月，只有剥落掉这老街的黑漆和膏泥，裸露出柴扉和青砖，才能显示出生活的真滋味。

一条石板路，一架老葡藤，几株常青树，伴着这百年老宅，挂着红灯笼，昭示着人们期盼着日子的红火。乐盛街上，有酒馆三五家，向家、曾家、习家，都挂有酒幌。要喝上等的黄酒，得去这剥花生的老詹家。初春，是喝酒的好时节，我们呼朋唤友三面坐，留有一面与桃花。詹家有啥好？掌柜的说，喝酒，要懂酒的。比如，酒坊里，这酒香，不是真正的酒香。真正的酒香，一入口，是感受不到苦、酸、甜的。它是一丝丝清淡的幽香，呷几口，口舌生津，像江上的浪，风起云涌，像热锅粉，绵里抽丝。

越尝越有味，清淡的糯米香，温暖到你浑身的血液里。

"苦、酸、甜是咋回事呢？"有酒客问。

这是一位八旬的白发老掌柜，他说："苦，是大曲配得多；酸，是发酵还不够；甜，是糯米伏汁配得多一些。"

我们这些肚里有点墨水的人，与散客自然不同。散客，宁守一方凳，独享一片云，乐得逍遥。桌客，邀知己打围，吟诗词曲赋，求一个氛围。只为喝些老酒，讲究一些喝酒的味道。

哈哈哈，老者轻轻地发出憨厚的笑声。"酒香，从哪里来的？是糯米发酵的味道，只是制作黄酒的前奏罢了。"这童颜鹤发的老人，是这街上的"老把式"，"好酒，真粮食，纯酿法。一般是晕而不醉。詹家的酒，糯米纯，酒曲纯，发酵纯。采用酒米发酵，酒母是绍兴酒渣半年发酵、半年贮存、蒸馏出来的，是纯粮食酒，一斤米，一斤酒，不掺一点杂质"。

如此一言，我们这些桌客，犹如壶酒沸腾起来。

"听得槽雨声，好比泉叮咚。"有人拽出酒槽的词来。桌中人，不知这话是新编，还是旧句，只是啧啧附和：随州人聪明。有人打岔："随州地是曾国，门里头一个合，咋读？""日高睡足犹慵起，小阁重衾不怕寒。"画师说，"xia 不是 ge，随州与安陆交界，有个阁家河。"此谜破猜，大家会心一笑。

平顶山人不服，拿起筷子敲起桌，"哎、哎、哎"，刚开嗓，便停下来，说："我得喝口酒。"众人轻笑。喝罢，这老汉扯起豫腔唱大调，仿佛和着二胡声、梆子声、钗鸣声："吃罢了饭俺上南场，半路上碰见俺同行，我见俺同行哈哈笑，俺同行见我哭了一场。我问同行为啥哭，他说他娶了个老婆爱尿床，一更尿湿了红绫被，二更尿湿了象牙床，三更尿湿鸳鸯枕，四更一看不好了，床底下成了个太平洋。打南边来个撒鱼类，照着床前撒一网，撒个鲫鱼秫梳背（意指梳子），撒个麻虾扛着抢（指发卡子），撒个鲤鱼八斤半多半两。"

嘶哑的豫腔豫调，咿咿哟哟，先紧后慢，抑扬顿挫。他唱着刘忠河的豫东调，桌客们跟着摇头晃脑。酒坊的伙计，拎着酒壶，倚墙观望。邻桌的女子，轻抿秀口，一脸娇羞。中途，时不时顿一下，与食客打趣。唱着环视一周，唱罢咧嘴一笑，颇为得意。光化人说，好是好，可就是"没个老婆怎么活呃"。呃呃呃，一个拖音，一个紧收。曲罢，一壶酒下肚，酣畅淋漓。

这番围炉，看花半开，品酒微醺。人的心，就像碗中酒，暖暖的；像锅中肉，烫烫的；像盘中鱼，焦焦的；像碟中的豆，脆脆的。如此熨帖，我想，或许倚窗观月，求的是平淡。炉火正红，为的是暖心。酒客们来到这老街，穷也好，富也好，官也好，民也好，或许为的就是有一个豁达的心境。

夜色已酣。老街的天空，没有一丁点星星。

我们踉踉跄跄出门。酒客们仍不断地吆喝着："哥俩好，七巧梅，八匹马。"不知哪家院子的黑狗，听有脚步声走近，汪汪狂吠。黑乎乎的老门楼里，走出一位老头，发出沧桑的咳嗽，似乎言道，我已来巡街。冷冷的风中，天虽黑，但它会给你一些宁静。

走着走着，画师说："老詹家的酒，好喝。"

孟 楼

在城里待久了，不如到乡下走一走，去找属于乡村的随性。

三月，杨柳晓岸，空气清凉。我们相邀去一个鄂豫边境的小镇，叫孟楼，去看看那里的集市，闻一闻乡野的气息。往北走六十华里，有一十丈余宽的小桥河横亘在庄前，不见炊烟，唯有曲曲弯弯。

路的两旁，房屋看热闹似的挤成一排，聊人来人往。有车子停在房前，装满谷物，要开往南方。两只黑犬从门口蹿出，见得陌生人，一阵汪汪。询问孟楼铁匠铺，有妇人前来，顺手一指，便是开阔天地。不过二里地，孟楼尽在眼前，真有铁匠铺吗？

远远望去，孟楼镇子不大，方圆四五里的样子。传说，南宋金人曾在这里屯兵，南下攻伐襄阳，是一个很有故事的地方。

绍兴十一年（1141年），宋金议和，唐邓割属金，邓州西四十里并南四十里外属光化军。孟楼，是宋金对垒的前沿，车马喧嚣，人声鼎沸。面对外族的侵略，孟楼大周营、王湾几个村庄的老百姓恼怒了。他们说，大周营小周营，古城王湾王家人。周王朝家的人，哪容外来欺辱，遂揭竿而起。光化军知军王自实行府兵制，土地多者，听任以田募民为卒，四月为兵，八月务农；官田，由军民分屯。面对纵马半个时辰的汉江小城，历经一百一十个年头，金蒙却屡攻不克。足可见，江汉楚人的豪情壮志。

当然，有马就得有马掌，种地就得有锄镰。孟楼的铁匠铺，因此闻名遐迩。无论怎样的列栅筑堡、金戈铁马，老百姓总要做买卖过安稳的日子；无论河南、湖北，老百姓都街连街、地挨地，乡里乡亲。早年，有一姓孟的铁匠在河南孟楼搭起了包子铺，他卖的包子三文钱一个，然而顾客掰开包子一看，里面还夹着一文钱，这样，来买他包子的顾客越来越多，很多过往商人都爱往孟家走，他的手工业买卖也随之兴旺起来。没过多久，他就挣了很多钱，盖起了一个小楼，就叫孟楼，楼的周围，渐渐形成了集镇。

镇子有了，铁匠铺却没了。问了好久，姓孟的人，只有两三家，其余大多搬往外地。打问何故？人们唯唯诺诺，不知所云。

这里，没有亭台楼阁、深宅大院。唯有一地，值得一去，就像秦岭终南山，向北即北方，往南皆南方。它就是湖北和河南的分界处，向北是河南，往南即湖北。这里，有条干涸的小沟，把鄂豫分得很清。过去有座牌坊，往北书着"唯楚有才"，往南书着"中州贤林"。

河南孟楼的街市呈"十"字形，小酒馆比比皆是，不要大招牌，不要高楼堂。顺一小巷，七拐八拐进去，不管支的是一油腻腻的方桌，抑或置一席地的小凳；不管西装革履，还是满腹诗华，三五知己打坐一围，只要有林扒牛尾、南阳全羊、高汤烩面就好。河南人好客爱酒，偶遇外地友人，不论丈夫主妇，都十分热情，豪爽端杯，先干为敬，说什么"田可耕桑可蚕书可读""战可胜攻可取守可固"的革命家史，他们叫省酒待客。每每酩酊大醉睡去，方才痛快淋漓。

第二天，来了客人，依然重整旗鼓，高唱上下五千年，高喝战可胜攻可取。

现如今，湖北孟楼的新街叫成老街。街上，来来往往的电动三轮把街道挤得满满的，喇叭声按得"嘀嘀"响。街东头，家用电器摆在街面，好比萝卜白菜一般。往里，茶叶店、窗帘店、手机店、杂货店、蛋糕店、轧花店、卤菜店、水果店一字摆开，卖花圃苗、卖卤鸡蛋的也来凑热闹。

田氏夫妇经营一家钟表店，见来一九旬老汉，忙不可迭。老人视力不佳，遂荐一声控钟，老者自然欢喜。随行的保姆说："老爷子的儿子在成都开公司，钱多了去了。"田夫人打趣老公："三十年前，娘家郭庄三干渠工地天天放电影，田营村连皮影戏都没吧？"田相公微微一笑说："你就是王宝钏，不也嫁给我薛平贵了。"

南阳盆地的边缘，两个孟楼孟铁匠的后代，一个喝着北方的井水，一个喝着南方的河水，口音和生活习惯便有了差异。南方是楚言，说"行""吃菜"，北方讲豫语，谓"中""喝汤"；北方多种小麦、芝麻，南方喜种水稻、棉花；北方乐酒，唱拳"巧七梅，八匹马"，南方好茶，"只要感情有，茶水就是酒"。河南人，待人总是那么耿直，昨天从外地回来，老派应该讲"夜儿里回来的"，孩子只要讲"昨晚上回来的"，老辈就一脸鄙视，"坐缸上回来哟"。什么"碗"与"缸"，拿腔拿调。

孟楼小镇，叫一个名，分两省人，却住在一条街上，隔壁邻舍。老张喊："老曹呀，黑的，俺俩喝两盅，中不中？"老曹应道："不行啦，儿子下河口木回来，我得守摊儿呀。"一唱一和，其乐融融。无关乎官，无关乎商，只要日子过得幸福。

旱码头

"张家集，旱码头，三座大庙在东头……"这是老河口张集当地流传的一句话。

从地图上看，豫西南有伏牛山，该山山体绵延至桐柏山。张集就坐卧在这两山鞍部的丘岗之上。张集现今仍被称作古驿，数百年前，怀庆帮、陕帮商人挥汗如雨，赶着队队骡马，驮着捆捆器物，在此歇脚，然后继续奔往汉江渡口，将货物运往各处。

1973 年，考古专家们通过对张集五座坟三号墓，被誉为"神奇地下木楼"的棺椁考古发现，这是西汉萧何后裔的墓冢。当时，被发掘的文物有铜器、漆木器、玉器、陶器、丝织品等七百多件。由陪葬物品的数量和类别，我们可以推想，正是由于当年商人们走宛洛、过张集、下鄢阳，让张集商品贸易发达，才使墓主人有如此多的各类陪葬物品。

从老河口埠口出发，越十五华里，爬上蛮子湾的斜坡，便涉足秦岭余脉的丘岗福地。当时是四月，丘岗正生出大片大片的嫩绿小草，染得丘岗像披上了一条柔柔的绿毯子。我们随后到达晋公庙。晋公庙是祭祀唐宰相裴度的寺庙。唐元和年间，朝廷孱弱，藩镇割据。淮西彰义节度使吴元济，领申（今信阳）、光（今潢川）、蔡（今汝南）诸地，无视朝廷，侵扰邻境。宪宗立志平定，裴度力主招讨，慷慨出行曰："臣若贼亡，则朝天有期；贼在，则归阙无日。"元和十二年（817年），裴度领唐、邓节度使李愬夜袭蔡州，生擒吴元济，遂平淮西。宪宗嘉其功德，封食邑三千户，即是这紧邻唐、邓的广袤丘岗。车过晋公庙，我记起裴度晚年所作的《溪居》："门径俯清溪，茅檐古木齐。红尘飘不到，时有水禽啼。"他虽"勋高中夏，声播外夷"，然终敌不过宦官专政，只得避居东都，诗酒自乐，酣宴终日。

向导随后带领我们来到油坊湾村。见来了一些生人，村里犬吠声声。村头，石头制成的碌碡、磨盘都散落在苍虬的枣树之下。村里屋宅高大，亭阁隐逸。巷口的妇人见客来，忙端茶递水，拿出刚生下的鸡蛋让我们尝鲜。蹲在碾盘上的孩子，抱着粗大的海碗，停住筷子，怯生生地望着我们。村道的候车棚，几个衣着艳丽、打扮妖娆的姑娘，一手拖着行李箱，一手拨弄着长发，叽叽喳喳地相互打招呼。据说，村里的油坊已开到城里，她们也跟着进城了。

出了油坊湾村，又来到红水河水库。站在水库口眺望，河水犹如一块碧玉镶嵌在丘岗之巅。同行的新疆青年感慨地说，这水真是清新可人！我却依据之前看过的该地史料感叹，这片丘岗之地，既有沃土原野，也有温润河水；既有曾经的喧嚣，也有落寞后的沉寂。不知从何时起，张集的旱码头萧条了，街不再是那条街，坊不再是那条坊，就连官商富贾妻妾的子孙们也逐渐不再经商，而成为耕地放牛的普通农民。

崇祯十七年（1644年），张集的百姓曾经捐资兴建三官殿，祈求天官、地官、水官保佑，以被不祥。然而，在当时春疫灾荒之中，埠口的商人卖房卖地，还是不断散去了。当时的百姓只有呐喊："吃他娘，喝他娘，打开大门迎闯王，闯王来了不纳粮。"然而，李自成终没有"深挖洞，广积粮"的韬略。1645年，李自成自京师败退，由西安下襄阳，一路纵兵肆虐，百姓苦不堪言。《光化县志·卷八》载："十五日，伪令、伪将等毁城楼门栅悉尽，城墙平其半。"张集老百姓随之陷入困顿。嘉庆元年（1796年），川鄂白莲教揭竿而起，武举人刘大任率乡勇保境。邑人张钦宗驻守张集，失利被执，逼降不从，骂口不绝，饮刃而死。咸丰年间，为避匪患，监生张开岱始在张集埠口筑就土寨。寨外，凿渠相绕；寨内，铸龟镇守。北街张宏德，更是仗义疏财，练兵起事。

我们一路寻至张集现在的集市，我与同行几位挚友站在当年张开岱铸就的铁龟神龛遗址处四处张望，想寻觅当年兴建的寨子，当时的跑马道、桃花井、烽火台、阵亡庙等的遗址，可几经拆毁，它们都湮没于尘土。

1939年，张集的庙会一度繁盛，开设商号两百多家，钱庄二十五户，骡马三百多匹，人口数万。酒幌、马匹、车夫不断多了起来，使令、契约、银票都从张集大进大出。据说，有一商家一夜暴富，竟趁着夜色，装着一麻袋银圆和一盒金条，到老河口太平街购置府第。

在现今张集的东街上，我试图去寻得一处百年商铺，哪怕只是一间铁匠铺子，或者一栏马厩。然而，我没有寻到。同行的大嗓门农水站站长笑呵呵地说："地吃人一口，人吃地一生。活人还能被尿憋死呀。"是啊，现今，老河口西排子河的银鱼比阳澄湖的大闸蟹紧俏，红水河的白鱼比松花江的鱼精干瓷实，唐沟水库的沙丁鱼更是赛过洪泽湖的同类品种。古埠张集现今已成为国家商品粮基地，人称"张集熟，河口足"。张集旱码头的子孙们换了一种生活方式，依然精彩。

"咚咚咚，嚓嚓嚓"，西街上传来激越的鼓声。街市上人挤人，人挨人，男的女的，老的少的，乱作一团，他们仰着脖子，兴致盎然，瞧着一条旱船从远处划来。船尾，打扮妖艳的婆婆，一把蒲扇随着鼓点风骚乱摇；船头，戴着胡须的艄公拉着纤绳，脚步交叉前行。

旱码头虽已被时间所掩埋，但它蕴含的生命文化仍存在。正可谓：千蹄驼铃踏尘去，空留晋公庙槐香。何时复得一古驿，老街小调今犹唱？

路家巷

早晨，我去巷口的码头上。春风刮得劲儿响，仿佛把柳条都吹绿到天上去。

人很少，只有一只小狗穿着花马甲，露着小白腿儿，向南边欢欢地跑。刚到树下，被几片落叶惊住了脚，左右一看没事儿，又迈出前爪，伸一个懒腰，抖抖身，享受这春风拨开的阳光。江上的打鱼人，拎着一竿水的竹篙，"嘭"地插入江里，撑着鸬鹚船，慢慢地向前划行。又是谁？狗儿听得响声，驻望着蹲在船板上的水鸟，汪汪瞎叫一番。无奈，没辙，便又跑开了。

喝茶，是午后的事情。水边，一条两层楼的茶舫，空无一人。这船，在码头上锚了六七年了，都不曾开动过，像一条风干的鱼。船主，好像早已习惯了这样的日子，不紧不慢，不咸不淡。要说，民国时，鄂西北哪有这么多铁路、公路，有条河就不错了。楸子船装着盐巴、棉花，簇拥在这里。小火轮冒着黑烟，把汉口的煤油、香烟泊在这里。

人喊马叫。街上的有钱人，南来的，北往的，都落脚在这码头上，盖洋房、修客栈、设钱庄。这码头，因有路家的商号，便叫作路家巷码头。不知从什么时候起，泊船不见了，纤夫不见了。洋房，在历史的车轮中，碾作了一路泥尘。货船，像死鱼扔在了岸边。唯有这茶舫，仍孤独地守在这里，咀嚼着往日的记忆。

沿着二十一级的码头拾级而上，迎面就是路家巷了。巷子自西向东，不深，一百一十步，宽一抱有余。西巷口，挤满了新式的茶楼、吧台、酒馆，横七竖八，没有多大讲究，自由自在。往里走几步，一脉幽深的老宅，像满脸布满褶皱的老人，坐在那里，体味着曾经的生活。

这巷口，原有一院高升客栈，掌柜的叫陈寿堂。咸丰年间，木匠出生，由武昌逃荒而来。钟情游历，跑遍江南。民国初年，见得这一方好水，便掏出一生的积蓄，在这里筑一庭院式客栈。亭台楼阁、古松奇石、飞檐翘角，风吹铃响，赛比苏州。老人说，张自忠将军曾在这里住过一些日子。他生活俭朴，虽从北平来，却洗着冷水脸，也不用香皂的。

对于这些，酒馆檐下的女人不懂。她们兀自剥着大葱、芫荽、菠菜，用手钳夹破螺壳的尾巴，准备晌午的菜肴。一只猫慵懒地蜷在脚下，头尾相接，晒着太阳。偶尔，它睁一下眼，伸出舌头舔一下脸，又将头放在暖地上。女人说，庭院是被日本人一把火烧了。谁让我们国家那时候恁穷呢？院子，就像人，人死不能复生。

巷子中，尚有一处名人故居，是《黄河口大合唱》词作者张光年少年时居住的地方。据说是一座一进三院的徽式建筑，在这场战事中，也只剩下了一堵墙。这堵墙下，有陪他生活了十八年的一草一木。这堵墙，激发了他"少年涉江去"的昂然的求知欲望。1986年10月28日，他回到这条巷子，深情地写下"四十八年回故里，寻门问旧两迷离"的句子。故土老宅，是人类生命的脐带，是历史老牛安卧的情感。乡亲们要修复这座故居，他说，家乡不宽裕，不要再破费了。

我总是一次又一次寻觅，寻找这巷子里留下的廊柱、阁栅、梅花、梧桐。梅花，还是梅花宫的梅吗？绿萼垂枝，就像古老的传说那样，凡是亲手种树的地方，就是幸福的所在。梧桐，还是李兴发酱园的梧桐吗？老干虬枝，挑水的陈司，赤足草鞋，从树下的石板路上走过。总预先把"竹欢喜儿"水牌交给管家，好算水钱。有人问，冬天穿草鞋，不冻吗？他说，草鞋，轻便，不容易滑倒。

生命，对于每一个人来说，是沉重的。这条巷子里，人人都在为生活奔波，人人都在为幸福磨砺。

越向里走，巷子越窄，形如一支歌唱的喇叭。钱庄、当铺、戏班，一应俱全。喇叭的喉结处，一四十多岁的妇人，二十年前就在此处开了这家理发屋。台阶处，放一烟摊，挣些零花钱。

"你不是本地人？"

"薤山脚下，紫金镇人。"妇人说。

“这也挣不了多少钱啦？”

“孩子在这里上学，只要能看着孩子，就行。”妇人很坦然。

是的，孩子就是这生活的希望。他就像种下一粒种子，当太阳从树梢上照下来，温暖这古老的巷子，它就会发出璀璨的叶芽。这叶芽，迎着光芒，让生命重生。路家巷里，租房的真不少。这不，一群小孩子扑扑通通地从眼前跑过，夹杂着零零零的叮当声，"磨剪子嘞戗菜刀"的吆喝声，从巷头传到巷尾。爷爷奶奶背着书包，跟在后边，只嚷嚷："慢一点耶，乖娃儿子。"

娃娃们跑。我看着虬木支撑着石檐，青砖上剥落下的粉痈。竟发现，斑驳老梧桐的嫩枝上还真的打了一颗绿绿的苞儿。

是春天来了。巷子的人们，幸福还会远吗？

掷地又弹

光化城·黉学·萧何祠

我是学历史的，自然对老古董的建筑感兴趣。

可在老县城当老师的那几年，朝闻犬吠鸡鸣，暮见炊烟四起，听的是浓浓的河南口音，看的是满眼的荷锄农耕。也不知道，县城是什么样的建筑法式。在这座村子一般的县城里住久了，或许有些熟视无睹，在科举岁月，这鄂豫川陕匪兵如蚁的地方，还讲诗书礼义吗？后来，因为工作，去了几次，见到的是土摧木腐，已没有了塔庙参差，它隐没在村宅当中，灰头土脸。所谓县城，就像一个老夫子蜕变成了一介村夫，便也没有了去寻访的兴趣。前几年，遇到一位姓历的先生，七十有余，是个教书匠，他的祖父在县衙里当过差，家有一本祖传的县志，说这县城四里四见方，黉学培养过一个声震朝野的户部尚书陈大道,这才又去了几次。

历先生很热心,带着我四处奔走。说老河口是商城,光化是官城,县城的西门就在他的家门口。县城叫光化城,在老河口市区北五里地,大宋王朝老赵家设置光化军而得名。沿街向东五十米,有一处古牌坊,上书"襄郧要道,秦楚通衢",牌坊上还有挂榜的铁环。是文官下轿、武官下马之地。破"四旧"那年,民兵连长杜丙林喊了一群毛头小伙子,一顿吆喝,把它放倒,埋在了路基下面,很是可惜。他指着县城西北角说,那里有洗马池,西南角有月楼、关帝庙。城中有鼓楼,黉学在鼓楼往南、奎北街的西侧,鼓楼往北是县衙。若按照古代人"奎踢"的意喻,那跳龙门的人生就开始了。如今,县衙改成一所技校,黉学换作了一家种子站,这对读书人来说,是颇为尴尬的。

《光化县志》城池记,光化城多灾多难。古为阴城,汉为酂城,蜀汉为南乡城,晋为顺阳城,隋复古为阴城,宋为乾德城。因城池临近汉水,夏秋时节,多遭水溢堤崩。我看到的光化城,在旧城东三里桥,是明隆庆六年署县事通判马昌请于上,卜筑的,周围八百丈,一千一百个雉堞。天启年间,知县黄昌又加高三尺,并在各门创月城,是人们躲避水患、击柝暴客的好地方。

我随着历先生环城踱步,西有拱极门,北有环山门,东有迎晖门,南有登云门。登云门外,一望之地就是文笔峰,山上有登云寺。寺祠兼顾,祭祀着一代贤令欧阳修。欧阳修在景祐四年(1037年)当乾德县令时,就主张笃学能文。乾德是光化县仁宗时的叫法。黉学就在登云门内。头悬梁、锥刺股,囊萤苦读,多少书生期望着一步登天。

秋渐凉,我们去登云寺。它建在马窟山上,虽没有会当凌绝顶的气概,但也有俯瞰揽城池的胸怀。北宋时,提倡文人治国,科考取士。嘉祐二年（1057年），欧阳修权知贡举，担任主考官，录取章衡、窦卞、罗凯、苏轼、苏辙、曾巩等，八百九十九人，曾轰动一时，多少读书人改变了命运。光化人便因山建寺，因寺建学，巴望着人才像山窟中的骏马一样一跃而出。他们怀念欧阳修，吟唱欧阳修的诗，"晴原霜后若榴红，佳节登临兴未穷。日泛花光摇露际，酒浮山色入樽中。惟有渊明偏好饮，篮舆酩酊一衰翁"，读书人何必心远地自偏呢？

地偏人陋，唯有读书。

有人说，最美的景致是山水，我却以为是人心。酂阳古八景，光化城就能看到五景，"福严竹坞""酂城高古""马窟云峰""桫椤夜月""五龙渔火"。城深景秀，当地老百姓骄傲地讲："我们老家儿的景好哇，马头对牛面，金鸡对桫椤，四眼井对着温水河。"井有四眼？十分好奇。我们去访四眼井，它在西门外。穿过村道，拐过院墙，它在一片菜地的角落。构树相掩，石盘遮面，上面凿有四方孔，便于汲水。据说有这一故事，西关有一员外，家有四子，长大要分家，为了避免纷争，老员外就凿井四孔，分而食之，造就一段佳话。毕竟，家和万事兴嘛。

举目四望，地中有一孤坟。先生说，这或许就是这井的族人。

三朝老臣张士逊，年近八十，回到光化城时，他感慨地说"桐枝手种有桐孙，二纪重来愧此身""耕桑虽喜多新垄，耆旧堪嗟少故人"。而今登云门不在了，要找一点痕迹的话，就是城门口护城河上的拱桥还在，又叫登云桥。

与登云桥错二十步，就是黉学。按现在的说法，黉学是县一级培养人才的地方，相当于中专。据县志记载，它始建于宋熙宁年间，宋元符三年（1100年）重修，明万历元年（1573年）

迁到现址，其后曾历次修缮，最后一次大修是在清光绪十三年（1887年）。一直以来，我猜想，官办学宫，是按税赋支出。事实上，仅有教谕、训导有斋夫银，黉学秀才靠学田为生。

走进光化黉学，大成门、大成殿和明伦堂等主体建筑沿南北中轴线布置，占地49760平方米，甚是气派。南殿即过殿，俗称"九架九檩朝王殿"。北堂为明伦堂，系前三间后四间两栋相连，高如南殿，屋架有三架五梁穿枋组合。构成整个建筑群中轴线的青石道仍然保存完好，令人惊喜的是，过殿由于曾被改造成市蔬菜原种场的仓库，意外地得以完整保存，在国内同类古建筑中十分少见，显得格外珍贵。

更幸运的是，老河口在对"光化黉学"实施保护维修工程中，挖掘出一块明代石碑。石碑保存基本完好，只是碑座和碑身因榫头断裂分离。石碑通高2.3米、宽1米、厚0.25米，碑表面以繁体楷书镌刻文字，题头为"光化县儒学科甲提名记"。该碑记载的是明洪武至万历各时期科甲人员名单。这对研究光化黉学在老河口发展史上的独特地位、儒学教育、科举制度等有很高的人文价值。

顺着县河口，我和历先生拐到西关，去看萧何祠的"桫椤夜月"。去时是白天，当然不可能有夜月了，但还是希望能找到桫椤树。在老丹路七十三号，我见到桫椤树生长的地方。这是一处破庙。有人说是夫子庙，也有人说是邓侯祠。其实，过去就是祭祀萧何的庙宇。但我目视之处，庙已不在，房屋坍塌，瓦砾一片，长满了蒿草。老历说，过去，荆襄鲜有桫椤树。永乐年间，知县王时中还写诗咏它，树粗数十围，高出城墙，后来被暴风折断。没过几年，萧何祠前又长出桫椤树，不及百年，与前树相同。覆庇周遭，如夏屋骈欐。秋月当空，残阳倒影，树荫下，好像铺着金镂玉一样。南北游人乘船前来观览，不舍离开。

听来的景真是美的。那么树呢？树自然是没有的，景也是没有。传说，光化人用桫椤树作云梯，攻襄阳城。襄阳知府大怒，下令砍伐此树。顺治元年早春，光化县闹饥荒，甚至发生了人吃人的事情。清军南下，李自成一路从邓州、光化败退。郧阳巡抚徐启元率王光恩来复光化，李自成部属迫不及待地毁城逃离。建城时，城长八百丈，城高一丈八，址厚一丈六，顶厚八尺，雉堞一千一，置有炮台。弃城时，门栅拆光，城墙残垣及肩，老者尽杀，壮丁抓完，房倒屋塌，满目疮痍。

萧何祠，自然也没有幸免。过去，我一直认为农民起义是正义的战争。寻访这样一座古城后，我开始有所质疑。一个朝代能不能兴盛，一场战争能不能打胜仗，还是要看民心所向。明朝末年，尽管李自成占领了襄阳，建立了大顺政权，派驻了光化县吏，但是他们对老百姓大肆杀戮，自然是要失败的。

遗址不能寻觅，历先生说，虽然光化城在清朝顺治、乾隆、光绪年间屡经修缮，但规模已不如从前，又经历了咸丰盐枭冯三典、范二娃的倡乱，焚毁书院和文武衙门，房舍凋零。据说，抗战时期，李宗仁为修缮中山公园，建平民医院，拆走了不少光化城砖。跑老日的时候，因光化城里驻守川军一二五师三七三团，遭到日军飞机的不断轰炸，城隍庙、鼓楼、萧何祠均化为一片瓦砾。一座三百七十二年历史的古城，就这样毁于一旦。

那天离开时，天已黑了。人们正修复一些古建筑，应该是一件好事。

堕泪碑

《晋书·羊祜传》："开设庠序，绥怀远近，甚得江汉之心……
祜乐山水，每风景，必造岘山，置酒言咏，终日不倦……襄阳百
姓于岘山祜平生游憩之所建碑立庙，岁时飨祭焉。望其碑者莫不
流涕，杜预因名为堕泪碑。"我所说的堕泪碑不是王公贵族的碑，
而是两处黎民百姓的碑刻。一处是孟楼镇杨岗村松树扒的碑，是
为植树人杨洪范立的。一处太平店镇王堤村大冲山下的碑，为我
父亲胡富山立的。两人刀耕火种在汉江边，都有扬鞭扶犁勤勉的
一生。关毂辇轮，马医、夏畦，荷担而立，操瓢而乞者，或许就
是他们吧。遂录于此：

其一，孟楼杨洪范公碑。

孟楼杨洪范公碑

杨洪范公，孟楼镇杨岗村人氏。生于一九一五年，
卒于一九九八年。其学从襄师，扎根乡村。一九八二年
二月，安徽小岗村经验在全国推广，公铁骨铮铮，萌生
承包荒山造林之意。中共孟楼镇党委感其敢为人先、坚
毅执着，责成村与公签订"一年育苗、二年造林、三年
扫尾"荒山造林合同。公守荒山，顶烈日，冒严寒，斗
酷暑，风餐露宿，挖坏十把镢头，挑坏多担木桶，战胜
恶劣自然灾害，植树造林二百一十亩。一人富，不算
富。公又胸怀人民、忘我奉献，引领各村组绿化十里荒
山，无偿提供松苗十万株，湿地造林上千亩。时值春
节，市委书记吴华品感其恩德，携酒与公促膝长谈，公
泪流满面、一时语塞。湖北省、襄樊市赞其功德，授

其为"优秀党员、劳动模范、农民企业家""襄樊市劳动模范、科技示范户""湖北省新长征突出手"。有诗人云:"你是大山的儿子,依托山的弘厚,铸造内心的鸿园,播种善念,接受恩典。"杨洪范公虽为一介黎民,但不移脱贫之志。因其敢为人先、忠诚担当、爱国爱家、锐意进取,故刻碑以彰其德。

其二,太平店胡富山公碑。

太平店胡富山公碑

胡富山,光化人氏,生于一九四七年一月十六日。生肖猪,是日,乃"龙抬头"。逢十八岁,迁襄阳太平店王堤村。其身长五尺,浓眉大眼,髯若青山,挺拔伟岸。其为人敦厚,又生性豪迈。胡公的一生,是苦作的一生。躬耕田野,邻里融洽,相扶相携。胡公的一生,是淡泊的一生。粗茶淡饭,随遇而安,处事坦然。胡公的一生,也是酒香的一生。他生性爱酒,劳累之际,龙吞虎饮,长卧于雪,安睡于地。因为土地乃立命之本。胡公,平凡而伟大,他不为名利,淡然一世,与荆棘为友,与荷锄为伴,贵其悉心顾养膝下三子,皆有所成,商仕有得。由此铭记。

凡夫俗子栈水而居,蓬垢一生,其穷扒苦作也让人泪目。

画　师

数日前，得薛胜启老师相邀，涂写些文字，是一件幸运的事情。

"江流天地外，山色有无中。"一方水土养一方人，滋润一方学养。

老河口，是一座有着丰富文化底蕴和美术传承的城市。

清末，这里已有广告画、壁画、神态泥塑、编织刺绣、工艺雕刻、木版年画等美术门类在老河口制作，传承并流传邻省邻县。抗日战争时期，李可染、魏紫熙、沈逸千、王霞宇、王寄舟等一大批名载中国绘画史册的大师或在老河口驻足，或作品展出。为老河口市美术增添了光彩和无上的荣耀。

老河口美术家群星灿烂，早在1948年，王寄舟寓居于此。上海保卫战八百壮士雄踞危楼，女童子军杨惠敏冒险冲过火线送上一面国旗的悲壮场景，令他热血沸腾。此时，《八百壮士》《报捷》《看准敌人》《卖报童子》诸多构想，便喷涌而出。

解放后，陈义文木版年画一枝独秀。木版年画种类繁多，民间童话、戏曲故事、民风民俗、花鸟瑞兽皆能入画。《一团和气》中的和气娃娃是中国传统年画中常见的吉祥人物，这位身着富贵锦衣的女子，慈眉善目憨态可掬。

1958年金殿臣的国画《青白传家》入选湖北省美展。1972年薛集永新大队农民画被北京电视台、湖北省电影制片厂拍摄。1986年陈义文木版年画参加了首届中国艺术节。这些老河口美术史，成就了老河口市美术事业的昌盛与繁荣。

改革开放后，老河口国画创作异军突起。张俊伟，注重绘画的创作和选材，尤其将笔墨深入现实生活、切入当代主题。边广兰，敢于用笔，金碧山水，勾金填朱，打开了中国绘画色彩走向意象的先河。薛胜启用墨大胆、丰泽润透，下笔流畅。董长生的钢笔画，风骨峥嵘，气格豪迈。

刘庸之自幼酷爱美术，在十七年的临摹艺术生涯中，以其具有深厚文化传统和审美基础的永乐宫壁画作品，在创新转换中寻找其现代的品格与境界，在艺术大潮中显示出不竭生命力。

余春华专攻油画，讲究色彩清晰、明快。她的画作，写实、表现、点彩、厚薄技法灵活运用，人物风景不拘，题材广泛，随类赋彩。注重朴实自然，雅俗共赏。《岁月》中的老人倚门而立，斑驳的门框一如老人层叠的皱纹，可是她的脸上、目光中，洋溢着静谧、安详，表现了老人经岁月磨砺后的波澜不惊。

漫画家李肖扬，自幼随父在军营长大。工作之初，心血来潮，用儿时画飞机大炮的线条炮制了几幅漫画，不想一投即中，从此走上漫画创作这条不归路。他的讽刺画追求耐人寻味，幽默画追求离经叛道。曾在全国百余家报刊发表漫画作品两千余幅，并多次在国内外漫画大赛中获奖。

好模子出好坯，好窑口出好瓷。农民画家曹桂英拜国画大师齐白石的女徒弟姚陆其和王学涛的弟子李世麟为师，专攻中国山水、花鸟画，锤炼最怡情的"大写意"技巧，并杂糅农民画的技法，作品蔚为大观。

尤其是老河口美术界学院派与乡土派相融共生，着力讴歌新时代、新英雄、新农村，涌现了李桂枝、龚伟卫、雷丹、刘清华、高建华、屈萍等一大批绘画者，他们钟情这方水土，无论中国画、油画、色彩画、素描画、漫画，都表现出深沉、厚重、博大、宏伟、壮丽的中国绘画的语境。他们注重艺术交流，不仅开阔了眼界，获得了教益，而且思想、言行受到感染，形成了向上向善的绘画主题。

老河口画师，不仅立足于艺术语言的构建与运用，更体现出中国画的笔墨情趣和意境，缘物寄情、气韵生动，让欣赏者充分感受到中国画的韵味、诗意以及人文精神。

歌 者

一派敦实的小个头，一口沔阳话，却有着海一样的诗意与宽阔情怀。

他从一个企业铁路专线的看护工做起，无论在机关工作，还是在企业车间，几十年来，他都饱含激情。当把最后一片情感投入这条河流的时候，自己也成了这条河。"喜欢诗，不是什么唐诗宋词，而是夏明翰、恽代英、吉鸿昌等先辈的就义诗，给我留下了无穷的震撼，是我创作的基因。"这是我见到彭泉瀚他说的第一句话。我对他说："四十年啦，你可以回到家乡，回到武汉。"他还是那句口头禅："男子汉，脚下就是故乡。"

1972年8月，二十出头的毛小伙来到鄂西北三线厂矿光化水泥厂上班，对他来说这里的一切都充满着新奇。从洪山嘴，到吴家桥，到王土沟，一路十五公里巡道夫生活，磨破了一双又一双的解放鞋。一千八百多个日夜，他都在铁道上守着日月和星辰，劳累激发了他浪漫的情怀，他开始用诗歌反映工矿生活。

水泥厂的一条送料皮带机，让彭泉瀚有了奇想，"皮带机好似缓慢流动的小河／长，不足百尺，宽，仅一米多／可这是一条富有生命的水系／我的诗，也曾几度猜测／也许她是黄河派出的女儿／也许她是长江蔓生的支脉……"浆料池成了一方硕大的《砚》，矿山的开采面是一张《唱片》，破碎机是一位美声《歌手》，铁路专用线是绷在蓝天白云下的《琴》，往来奔驰的内燃机情同一匹《奔马》。

改革开放，工矿企业焕发着新的生机。"科技是第一生产力"口号响彻神州大地，彭泉瀚一大早5点钟爬起来，去观摩车间技术革新。经过九十九次实验的失败后，这一次，自动喂料机终于诞生了。他兴奋地写下了《晨光曲》，"自动喂料机终于诞生了／朗朗的笑声融进隆隆的机鸣／今天，我们叩响了电子王国的门扉／明天，我们还要到这广阔的世界驰骋"。

1975年，因为笔头子快，写诗的彭泉瀚被借调到老河口市委统战部负责对台工作，这对一个月拿十八块的工人来说，是莫大的欣喜。他见到一个又一个旅台同胞，从他们抖动的皱纹中，二十四岁的彭泉瀚看到一腔思乡的激动。他写下了组诗《在客乡》《我的心还泊在故乡》以及《归来》等，这些诗歌大都发表在《华声报》，《在客乡》获福建省"海峡之声"二等奖，被播音界泰斗方明先生亲自朗诵。

与彭泉瀚一同调到市委的，还有一个叫朱学诗的知识青年。一个写新闻，一个写诗歌，两个小伙子同住一座房子，遂成了挥翰的好友。只要学诗一经过泉瀚的门口，泉瀚一定要拿出老家沔阳的酱油豆腐干，伴着诗歌，共同品尝。学诗就调侃：叫学诗的不写诗，惭愧呀。

作为国民政府第五战区长官司令部所在地，老河口有不少台胞流落在外。朱学诗的表哥已失散足足四十年。通过多方书信联系，朱学诗终与表哥团聚。9月9日重阳节，已在武汉工作的学诗送别同胞兄弟。表哥说："这次回乡，有一个彭先生忙前忙后，连烟都不抽一支，一定要替我谢谢他。"问："什么口音？"答："天沔人。"朱学诗知道，是彭泉瀚无疑喽。

一晃二十六年，2015年重阳节，朱学诗回乡，仍记得这件事。两位挚友相见，四手相握，一顿感叹。朱学诗说："我是来替表哥谢谢你的！"彭泉瀚笑着说："应该做的。隔着一条海峡，就隔着乡愁。"

2019年年初，临近春节前一个月，彭泉瀚身着一件火红的冲锋衣，游走在老河口化城门的光化艺术社区，商讨策划光化大型民俗艺术彩灯节。

而这座化城门，却是诗人彭泉瀚的一个情劫。

1945年4月8日凌晨，日本人用炮火轰塌化城门几丈宽的城墙，涌进城内，中国军队一二五师采用巷战殊死抵抗。彭泉瀚写下了《思念这座小城》动人的诗句，"思念这座小城 / 不仅仅因为 / 它享有小汉口的美名 / 不仅仅因为 / 这里有八大景的传奇…… / 思念这座小城啊 / 是因为它的秉性 / 同仇敌忾，共赴国难 / 你粉碎了日寇西犯的野心"。

老河口这片肥沃的土地上，有着彭泉瀚青年的欢乐与畅想。这里有清澈的湖水，有洁白的梨花，有悠长的龙舟号子，有古老的花鼓戏，这些都镌刻在他的记忆中。他渴望着这座小城的百姓在废墟中快速成长，生活在改革开放中蒸蒸日上。

彭泉翰在曾经作为市政协委员时，见证了食品厂发生的天翻地覆的变化，写下《兰花与太阳》，"那时，他是一轮晨阳 / 羞赧、稚嫩、血气方刚"；渔业得到振兴，他写下《龟山渔场》，"一切显得高远 / 此刻无风 / 天池漂浮云影"；建成了百里生态文明走廊，他写下《我们的田野、长廊与村庄》。

2013年11月，彭泉瀚在自己的一本诗集中写道，"故乡荡漾的一江水是一江羊水，故乡逶迤的山则是一脉血脐"，他写下了《竹林桥拾韵》《洪山嘴诗情》《啊，我的多姿多彩的土地》，他直白地说，我骄傲我是老河口人。

少小离家，乡音未改。彭泉瀚，一脸苍劲的皱纹，歌唱改革开放的故事。他用四十六年始终不渝的执着与坚守，为时代鼓与呼，书写一条汉江河的传奇。

梧　桐

"卖馍吧，卖曲子儿，发面酵子哦。"每天凌晨，不到六点钟，一个妇人拖着长调的吆喝，像这汉江关鼓楼上的钟声，飘逸、悠长，唤醒沉睡的人们。

声音越来越近，越来越响。窗外，一群鸟儿便从密密匝匝的梧桐叶中惊得四起，嘤嘤嘤，飞过塔顶，越来越远，小得变成一个个灰点。灰点下，水天一色的江，环绕着一座小城。过去，人们靠一帆船、一队马过日子，而今，船号子、马蹄声却被轮船的汽鸣声代替。唯有这一排排的梧桐树，仍枝繁叶茂地守着这座城，守着这深宅老院，生生不息。

这个夏天，三天两头的雨水，洗蓝了天空，浇旺了树木。满街的梧桐，便枝枝蔓蔓、严严实实起来。

不经意地抬头，一街一街的梧桐树，叶子竟然伸到了楼顶上去。灰色的拱券门长满了爬山虎，街市由此生出一些情趣来。

吱呀，门开。媳妇绾起松散的头发，叮叮当当，踢踢绊绊，拽起迷糊的小孩子，冲到街上，要去画画儿。梧桐树下，男人夹着人字拖，提着鸟笼，树杈上一挂，逗趣地听黄鹂鸣唱，往笼里投食。两只麻灰色的鸭子，长颈短腿，也忙着在树根儿下捡漏。老人只顾哼着小曲，悠哉悠哉地浇着花盆里的茉莉、吊兰、月季。妇人照例提着竹篮去菜市场买菜，寻一些番茄、葫芦、南瓜之类，也总忘不了要买一束白白的栀子花，插在瓶里，让满屋生香。

在晨光的穿透下，叶子，淡黄淡黄的绿，娇嫩可人。

时光摇曳，临近中午。一群雀儿在天空中盘旋，不知要落到哪里，一圈一圈又一圈。谁也见不得太阳，热得蚂蚁不想搬家，热得小狗吐着舌头，热得老人裹着湿湿的头巾，这是北极的冰川融化了吗？梧桐之巅，白云，一块一块的，霎时变成一朵一朵的。瞬间，没有了云的曲线，归于一池的蓝。忽而，又是一团一团的，挂在天边。这似乎是生命无常的变幻，但白的云、蓝的河、绿的叶、灰的楼，相依相偎，竟如此和谐。树梢间，唯有蝉，亢奋得不知疲倦地叫"知了，知了"。知了这梧桐的无私，农人的艰辛。

街口，几个卖西瓜的果农不断地往瓜上喷水。"西瓜，又脆又甜的大西瓜，不脆不甜不要钱啦。"放开了嗓门喊。

这边话未落，那边声又起。"寻东门，问西门，西瓜新摘，甜欢那个人儿。五块钱三个，十块钱七个了。"下班的人拥上来。"先生，上好的三角梅，送太太的，买一盆喽？"又有花车凑热闹。

卖龙虾的不嫌挤，"本地的小龙虾，又肥又大，小龙虾啊。"

风，没有一丝的响动，叶，静静的。"带走，带走，打包带走。"有人打趣。顿时，大家满脸笑容。

在这梧桐繁茂的街市，最好的去处，就是找一个僻静的院落，放一曲《寂静的山林》，泡一壶乡野的浓茶。墙角，一芭蕉、一青藤、一焚炉，就够了。抬头，可仰看一穹碧绿的天色。低首，可挥毫一野大地的春秋。树是青的，炉是红的，荷是墨的，让自己的心安静下来，不去想落叶亲吻影子的样子，装出中年人的淡然，甘做这繁叶虬枝的陪衬。

天渐渐暗了，街慢慢静了。

梧桐树下，老人们摇着蒲扇，坐在石阶上，咸一句淡一句地说着话。灯光映在他们的脸上，一闪一闪的。回头，看着梧桐树下玩耍的孩子们，嘴角又翘了起来。

小城的情怀比不得大都市。它的可爱，就在于它的小巧，有梧桐树的家园，有老街，有新楼，未来还有很多不可想象的生活。不管怎样，每逢盛夏，梧桐一旦朗润起来，开着枝散着叶，就会给人一种莫名的幸福感。"卖馍吧，卖曲子儿，发面酵子哦。"这一声吆喝，是如此的坦然与坚韧。

記
起
腊
月
一
些
事

腊八节

过了腊八就是年，娃儿有好吃的喽。

小时候，不管住深宅大院，还是住着土坯房，抑或堆着柴草垛，夹着篱笆墙。到了吃腊八粥的日子，都格外喜庆，格外大方。邻居奉过祖先，就端着粥碗，蹲蹴在一块，家长里短。吃过一碗，从各家来，回各家去。乡村里，宅、溪、树、菜像笑开了脸，恍若村民的喜色。大人们收敛了自己的脾气，小孩们奢侈的愿望得到了满足。攒矸、推箍、跳方、摔响炮、劈甘蔗，野着劲玩，享受着节日的安逸和欢畅。

记忆中，早上吃腊八粥，母亲总要给门前的枣树、柿树也盛上一碗。那时候，人小不懂事，我问："树也吃饭吗？"母亲说："树比人强，它每年都结好多果子。"

172

吃过好多年腊八粥，记得有糯米、红豆、花生等。估计地域不同，熬煮的食材也不尽相同。譬如：广东，有桂圆；陕西，有核桃；吉林，有人参；甘肃，有葡萄。大多就地取材，八种原料，寓意多子多福多寿，大吉大利。母亲姐妹四个，四朵金花。我家谈不上重男轻女，但乡村，多靠男丁出力，期盼儿子是自然的事情。自从种上枣树，我家男子就像葫芦藤上的葫芦娃，一个接一个。长辈们对腊八节，自然更信奉了。

枣树隔壁是四孃家，我却不好意思见她。桃花开，杏花落，枣树开花吃馍馍。大约五六月割麦的时候，树上的枣子已是密密匝匝。母亲却不让吃，说是春节蒸供像馍用的。我家蒸供像馍有一特点：馍心衔红枣，馍面盖芝麻戳。然后红纸泡水，盖上五朵红花，意喻赐福自己。小娃娃嘴涎，就上树去敲，枣撒落一地。见得美食，几个孩童碰头抢地、一哄而散。那日，一只毛刺子落在脸上，顿时，刺红刺红的，肿了起来。听见哭声，母亲忙把我往四孃家拉。四孃在奶孩子，她撩起衣服往我脸上涂奶汁。尽管扭捏，躲闪，几个小时后，竟消肿了。这着实让人见识了乡下女人的泼辣与直爽。

进城后，食材多了，有京味的、有川味的、有广味的。咸甜皆宜，各取所需。我多年没有见到四孃了。母亲也去了襄阳，一年只见得几面。城里，没有枣心馍了，也看不见红红的芝麻戳花了，心里难免有些落寞。这才知道，腊八粥是供奉佛祖的。牧羊女施粥悉达多公子，他才得道成佛。现在，它约定俗成，大江南北，年岁大的尚知道它的寓意，年纪小的只知道西式大餐了吧。

今年腊八节，没有雪。我遥想起乡下茅草根儿的味道，它耿直、真诚、善良、豁达。"夜爱云林好，寒天月里行。青牛眠树影，白犬吠猿声。一磬山院静，千灯溪路明。从来此峰客，几个得长生。"如今，忙碌挣钱的多了，坐下来叙情的少了。

办年货

我母亲姐妹四个，父亲姊妹七个。各自成家，家大口阔。二十世纪六七十年代，一家两三个小孩子。父亲是入赘的，算是舅舅家。

我奶奶娘家是石花镇汤家湾的。嫁给我爷爷后，就在谷城粉阳路开针货铺，针线活不在话下。就是迁到乡下樊城王堤村，裁样、纺线、缝纫，样样在行。黑色灯芯绒棉鞋、蓝色的棉袄、棉裤、褂子，一色的新，都是她一针一针缝出来的。我母亲不屑于学女红，她说："女人犁田耙地，也是一种人生。"反正也没人逼她，她至今不会缝纫。

过年客多，要上菜快。而唯有伏汁酒配炸馍，省时省事，才显得不怠慢客人。每年，奶奶就蒸上一大锅糯米，放凉拌上大曲，往大木盆里一盛，拿筷子插上若干个孔，盖上棉被，就只等它发酵成酒了。

菜豆腐是陕西传来的一道名小吃。我父亲是磨匠师傅出身，当然不吃豆腐渣了。泡一夜黄豆，先行膨大，磨碎过包成汁。大火烧开，先起豆油，点膏成花，又叫豆腐脑。豆腐脑包裹压实，约四五个时辰，豆腐即成。然后，豆腐切块放进水里，以防发酸。过滤下的豆腐渣，可以炕成锅贴，也可以喂猪。

待客，鸡鸭鱼肉自然是少不得的，但若少了腌制的毛腊菜，便逊色不少。奶奶腌菜，食材不老不嫩，老的口感不好，嫩的水多没有嚼劲。腊菜洗净，晒个半干，切碎放盐揉出叶汁，再晒半干，抓后清爽无水泽即可装坛，封口绝氧。这是正月待客蒸条肉的绝佳食材。

条件好的，可杀年猪。牛羊肉备齐，大鱼鸡鸭上架。白菜萝卜埋在土里，山药莲藕盖上稻草，因为冻伤了，扮相不好。一切准备停当，母亲就吼我们这半大小子上山砍柴。多是花榡木、构木、松木、槐木，劈开晒干，经备炸馍蒸馍用。她说，硬柴火劲足。蒸馍时，她总嚷："别说话。说了，气不圆，馍不熟。"小时不懂，现在笑她糊弄小孩子，她不应答，仍是一脸虔诚。

奶奶说："一年到头忙，就忙了个嘴头子。"尽管是嘴头子，但年货足了，受人尊敬。现在，年货随到随买，什么都是现存的。甚至，团年可上大酒店。腊月，万家喧闹的时候，谁又记得往日的尊严。

找年味

生活总是要有仪式感的。

莫言说，也许不是年味变淡了，而是我们长大了。二十七，打堂堂灰。二十八，把面发。二十九，蒸馒头。大人们总是嚷我们这些不听话的狗仔们去竹林里砍些竹枝，做成一丈高的扫把打堂堂灰。又把神柜、桌子、板凳搬至稻场里，挑来堰塘里的水，一番冲洗。说起这事，妻子一皱眉，总要埋怨："你们村里，年年总要把娃娃儿放在大脚盆里洗。也不背个人，光着屁股，刮着风，冷不冷？"我笑笑说："农村，能洗个热水澡就不错了。"

这十几年，村里装了热水器，鲜有就着太阳光身子在外边洗澡的了。

之前，尽管我们兄弟三人各自成家立业，但过年还是要回到村里。因为父母就在村里，不是有句话：父母在哪里，哪里就是家。晚辈给爷爷奶奶磕头，爷爷奶奶打发些压岁钱。农村挣不了几个钱。钱多是儿子们给父母的，左荷包装到右荷包，又从右荷包装到左荷包，也就是图个形式，热闹。今年，不一样了。父亲过世三年了，母亲身体不如以前了，年前住了一次院，有些有气无力。老家回不去了，就住在城里。疫情也不知道什么时间结束，去襄阳需不需要检测。兄弟仨，能不能一起吃团圆饭，是个未知数。

宇航大学四年级了，转眼就毕业了。我觉得，小家庭过年也应有点仪式感。妻子又有她的新观点："家里人少，何必买那么多？浪费。"我说："管那么多。一年一度，算是一种祈福吧。"前几天，腌了鱼、鸡、香肠。周六又去买了猪、牛、羊肉。什么卤的炖的烧的，都要有一些。水果、瓜子、糖、蒸馒头、烙饼、红包，一个不能少。路过交通路，满街是春联、门神、中国结，我对宇航说："记得买些对联、福字、中国结。"他问为什么。我说："中国传统文化中，准备祭品和符，就是祈求老天爷赏饭吃。"我搞不清是不是这个道理，权当寻个心理安慰。

其实，我是一个无神论者。我总告诫自己，生命的意义，在于成就他人，也成就自己，这是一种责任，更是一种担当。年逾不惑，我总津津乐道自己懂得点烹调手艺，于是，就把牛羊肉腌了，等个四五天，用大料卤起。作为父亲和丈夫，还是要替母子俩膜拜一下：身体健康，学业有成。日子会越来越好的。

在王堤

名　字

打小，我一直以为山皆有名。事实上，有些山有名，有些山是没有名的。像我老家的山，村里的人都叫它"山那边儿"。就是这样一个极土极土的名字，却像一位智慧的长者，在沧桑的历史中，藏着一片星空。

不光"山那边儿"，老家村子里的人，名字也叫得怪，叫什么"牛娃、狗娃、茅缸"等，恍若猪狗不如，才能与命运抗争。

山北有一条沟，唤作牛车沟。牛车沟，就是人们用牛车拉着柴火去卖钱的沟，也是樊城与光化的界沟。柴卖到哪儿了呢？或许是通过船运，卖到襄阳、谷城、光化的镇子上。不然的话，牛车沟流到汉江的入口处，有一平岗，为啥叫作柴店岗呢？

柴店岗往南是樊城，也是黄土岗，因换了家族，所以叫作邹家畈和卢家嵝。由于地势高，没有水，人们往往收不到多少粮食。跑老日的时候，有一个从老河口退下来的士兵，三天没吃饭，抢了邹家畈一老汉的馍。一下子激发了一帮山野村夫的愤怒，三十多人，追到山那边儿胡叶树上，将其一顿棒打，然后丢到路上，让他自行逃生。

干旱过后，山洪暴发，它沿着山脚肆意奔腾，猛冲到了十五里外的陈家湖。实在没有办法了，刘、邹、卢、钱、王家的大户就在邹家畈与卢家嵝中间建一庙庵，祈求神仙的保佑。因庙庵的道姑靠采茶为生，故也叫茶庵。

为了阻挡这万恶的洪水，人们在牛车沟的南侧，肩挑背扛，筑一土堤。这堤，从茶庵到山脚，约有两三里的样子。堤首、堤尾向南延伸，围成一"口"字的湖，形成一片湖田。无论高门楼，还是土坯房，抑或茅草棚，五百来户，环堤而生。由于村庄中大多是姓王的，便叫作王堤，这就是我出生的地方。

我五六岁时，村子不叫王堤，叫大冲公社共同大队。我经常问我母亲，邻居的兴平、兴洪、兴合，狗娃子，老秋、老随，都姓王，我们咋就姓了胡了呢？胡是父亲的姓。我们是外来户，父亲胡富山是个倒插门女婿。他与我母亲刘华明结婚，是我姥爷死了之后的事。

我姥爷是个读书人，爱穿一身中山装，上衣袋挂一支钢笔。二十世纪五十年代初的时候，在茶庵中学任代课老师，才移居到王堤村。有一年，他买王堤村一地主的上海牌手表，被人揭发，说他是地主的余毒。姥爷胆小，经不起吓唬，没几天，就把自己淹死在这叫牛车沟的大坝里。我奶奶想起他，就大哭一场，骂他是个"死鬼"。按说，倒插门，我该姓母亲的姓，但因为我姥爷的事，我就姓了胡，想奔一个好名声。

我父亲家也是个农村破落户，兄弟四个，姊妹八个，只有三间房，不得已，才倒插刘家的门。父亲是外乡人，村里人自然没有给他好眼色。不管胡子白的，还是乳臭未干的，叫他，就喊"胡四娃子"。家庭联产承包责任制分田到户那一年，我父亲说外出做生意，家里只有一群妇孺犁田耙地。大过年，有人撵到家里要账，说差人家一千多块钱。我父亲没挣到一分钱，还倒贴人家一仓粮。从那以后，我们又改回了刘姓。

小　学

1977 年，全国恢复高考了。农村人，只知道种地完粮、养儿当兵，现在却隐隐约约听到"从鸭蛋滚滚到桃李花开""读书是跳龙门的一大法宝"，像一股春风。

在山那边我家红薯自耕地里，我母亲说，好好学，不然的话，就打牛后半头。牛后半头，在我们乡下指牛屁股，打牛后半头，就是扶犁耕田，一辈子与土地打交道。

上小学那一年，家里做了一条大板凳，我和哥扛着去报名。对于成分，依然胆战心惊。大队部门口，有一内嵌式的走廊上，放一桌子，有个女老师在登记。头一抬，瞄了一眼问："叫啥子？""一队，胡四娃子的老二。"那人严肃起来，"学名？""书地。"登记的老师不耐烦地说："叫胡书地算了。"接着继续问："数数？"我结结巴巴，"一、二、三、四，一、二、三、四。"哆哆嗦嗦，这是刚才在路上哥哥教的。"成分？"哥哥抢着说："贫农。"哥儿俩虽也不认识多少字，但依旧巴巴地望着那人在纸上画了两下，又喊："下一个。"这一下，我俩欢天喜地。就这样。

我上学了，开始了我的唱读生涯，"啊，窝，哦，衣，屋，吁"。

记得大队的小学，在土堤北边的一个院落里，南边有一条水渠。下了堤，东边是大队部，西边是油坊。低年级的，自己带板凳。高年级的，用泥巴砌一个台子，上置一条水泥板，就是课桌了。哥哥的老师叫大胡子，经常拿一根竹棍，见不听话的，一定要敲到头上。我的老师叫周桂英，是五队的大姑娘，后来嫁到东庄上，我们算是一个队。那时候，娃娃们调皮，经常相互打闹。有一次天热，王四权用皮筋做弹弓、麻枝折的头做子弹乱打，一下子打到刘祥红两腿间。瞬间，刘祥红号啕大哭。周桂英老师赶忙跑来问："打哪了打哪了？"刘祥红捧抚着两腿间的卵，说不出口。学生们喊："打卵了，打卵了。"一阵哄笑，老师一脸娇羞。

父亲是油坊里的大师傅，自然少不了芝麻吃。每逢秋收，闲来无事，我就找各种理由与父亲瞎掰，目的只有一个，让他在热锅里给抓一捧芝麻吃。

四通间灰砖房里，有一个硕大的铁锅，从梁上吊一把木铣，用来炒芝麻。西墙根有一个六尺的碾盘，用来碾出黄黄的芝麻面。接下来，父亲拿一圆形的筛子，铺上油布，压成一个实实的饼，放进舵里，用木楔顶住。这时，就会听到他嘶哑的号子，"王师傅哪，攒把劲呀，打起来！"哐当，父亲一锤下去，"四娃哥呀，油光锤，嗬——嗨。"王良发跟着就是下一锤。"打起好油，咱喝酒呀，嘿哟。""喝酒，咱喝襄江酒哟，嘿哟。"舵一锤一颤抖，油一滴滴流入舵盆里。

只要号子声停了，我就像只蜜蜂，盯上了炒锅。良发叔一见我，就抓一把芝麻往我衣兜里装："娃子瘦，得吃点油水。"父亲刻意地嚷："不听话的娃儿，滚滚滚。"

爷 爷

姥爷即爷爷。我没有叫过爷爷，因为我爷爷死得早。只有一张他的黑白照片，剃着寸头，着矮领中山装，穿敞口布鞋，手里拿着一幅卷轴画。这身斯文的装扮，与乡村匹夫的高腰裤相比，显得多么另类。

民国初年，我爷爷三岁就死了父亲，太姥姥改嫁给光化县孟家营的一个写字画的"老孟"。刘家户是大家族，改换门庭是最大的忌讳。宗族的人对太姥姥讲："你可以跨出刘家的大门，但妄想得到刘家的一片瓦一寸地！"太姥姥不知道哪来的那么大勇气，毅然带着三岁的儿子嫁给了老孟。他们由光化县的刘家营渡到河对岸的谷城县的粉水街，开始了开针货铺、卖门神、写字画的生涯。不久，我爷爷有了一个妹妹，叫孟秀芝。

平常人家，街市的生活是平淡无奇的。好在我爷爷读过私塾，进了学堂，算是一个识文断字的人。我奶奶叫汤金秀，娘家是石花街的人，门前是南河，屋后是巴山。印象中，她是一个讲究生活品质的人。面容俊俏，头发一丝不乱，永远利索地绾着一个簪，干干净净的一身大襟短衫，三寸金莲，裹着绑腿。按旧时代的标准，是打着灯笼难找的好女人。纺线、剪裁、缝衣、茶饭，都是很不错的。小时候，我家大人小孩子的衣服，全都是她老人家手工制作的。可二十世纪七十年代，已时兴缝纫机，我们吵着要机扎的衣服，枉了她"慈母手中线，游子身上衣"的一番真情。

1935年前后，三媒四请，爷爷和奶奶结婚了，仍在谷城开针货铺。我小时问奶奶："你们在谷城做啥生意？"她说："针货铺。"谷城人腔调软，我听成了金货铺，便睁大眼睛："那我们都是有钱人喽。"她脾气温和,似听非听:"噢,有钱。"奶奶姊妹五人,三个弟弟,一个妹妹。大舅爷是个篾匠,二舅是个船匠,小舅爷尚小,与奶奶的大姑娘同年。奶奶一生,生过七朵金花。可惜的是,前两个嬢嬢都是在石花街染上天花死的。有一年,我十一岁的母亲在家照顾最小的妹妹,不小心,人摔下床。母亲傻了,一下跳下床,竟踩在妹妹的胸上。不久,这个妹妹也夭折了。此后,爷爷生气时就会嚷:"死的死了,送的送了,要你这些人,有啥益。"

隔河对岸,刘家人听说了这事。有管事气愤地说:"姓刘的,人丁兴旺,家大业大。要房有房,要地有地,到集市摆摊站街,丢人。"爷爷拗不过,只得撇下太姥姥,从粉水街回归了刘家营的大家族。樊城的茶庵有新开垦的土地,我爷爷便去当了账房先生,但日子仍揭不开锅。奶奶膝下有四个姑娘,茹家湾的官家想抱养一个孩子。人家一眼就看中了三嬢。茹家湾在山里,至今,我三嬢还埋怨:"四个姑娘,怎么就偏偏把我送了人?"我大嬢就劝她说:"那时候,屋里没得吃的,官家户的家境殷实,你穿得没谁好?!"

因为爷爷是个读书人,我母亲姊妹四个名字颇有讲究,叫"春、华、秋、实"。大嬢叫春。母亲排行第二,叫华。三嬢过继官家,受宠至极,人家唤她"官大姐"。小嬢出生时,全国解放,遂叫她"解娃"。人生,就是这样,计划没有变化快。日子虽苦,奶奶总会变着花样让家人过得舒适。她不仅会纺线、绣花枕、染布织衣、拉底做鞋,还会晒伏酱、酿伏汁酒、腌咸菜、煨蚕豆。

奶奶能干,但也有失算的时候,她选女婿有一个标杆:"一定要会门手艺。"美其名曰:"贫穷,饿不到手艺人。"媒人说,我的大姑父是个乡村医生,可他没有背过一天药箱,给病人打过一管针。我父亲世代走村串巷，锻磨为生。三姑父是个电影放映员，算是有门手艺，但也是朝不保夕。小姑父，尽管不会手艺，但手脚麻利，犁田耙地样样在行，收音机、缝纫机、自行车、手表，三转一响，一样不缺。

要不是谷城大孃家因北河发大水受淹，大孃、三孃、小孃家家都是灰砖房，唯有我家在王堤仍住着三间土坯房。有一次，小姑父说："这一家，吵吵闹闹，越吵越穷，算没救了。"尽管这样，奶奶除了伤心时叨念一下爷爷是个"死鬼"，其他时刻都是包容。

父 亲

父亲，应该算是一个老实本分的人。他没有母亲那么倔强。

父亲的老家在光化县胡家行子，姊妹八人，弟兄四个，三个姐妹，一人夭折。我见过大伯昌，榆木疙瘩似的人，一辈子娶不上个媳妇，从河南林扒娶回个失婚的女人，我叫她大妈妈。她也绾着一个簪，满嘴的河南腔，嫁到湖北，图的就是大伯的老实本分。二伯春，会见风使舵，是见人说人话见鬼说鬼话的人。本来在水泥厂上班，因操作事故，他的右手除大拇指以外，四个指头一律被机器吃了。因为工伤，他一直在家吃闲饭，娶了盛嶕一贫家女子为妻。三伯新，信奉中庸之道，家境阔绰，是第一个分家盖房的人。逢年过节，他是胡家第一个有钱打发压岁钱的人。父亲从胡家行子插门到樊城，是泼出去的水，自然靠王堤村的一亩三分地过活。

父亲在王堤，一个外乡人，地不得多分半分，就是襄渝铁路有个零工，王家的人也不会叫上他。父亲活得窝囊，总爱喝二两小酒。有一年的冬天，漫天大雪，有人用凉床将父亲抬回了家，他吐得满身是血。奶奶就用葡萄糖瓶子装满了水给他焐，不敢分身。我母亲是不管他的，他们自结婚就不对脾气，三天吵两天骂。母亲骂他"是个不成器的东西"。我也觉得父亲不像话，不像一个为全家遮风避雨的人。不知是对人实在，还是缺心眼，每每酩酊大醉，丑态百出，就连隔壁的刘四都说："胡四娃又喝多了。"

长大以后，我渐渐理解了父亲。他一个人，远离家乡，在异乡人的眼光里过活，是有压力的。酒是他消解压力的唯一法宝。父亲是有智商的，但在自己人生里，他的情商是欠缺的。他太容易对别人推心置腹，可人人喜欢拿他取笑，这就是感情的距离。为什么？原因只有一个，就是他穷。有句俗话叫"富在深山有远亲，穷在闹市无人问"，贫富产生距离，距离让人变得冷漠。就算没有贫富，距离也会产生隔膜。

一个偶然的机会，我去看望父亲的母亲，即我父系的奶奶。因为距离，我甚至都不知道她的名字。奶奶已经双目失明，她站起来拉着我的手，颤抖着摸着我的脸："我的二宝哇，你好多年不来看奶奶哟，长高了！"是的，我有三五年没有见她了。我羞愧，又冷漠。面对一个七十多岁的老人，我只有说："我会经常来看你的，奶奶。"我知道，这话明显是应付。

父亲是一个心地善良的人。我上小学，遇上下雨，他会夹着一把油纸伞去接我。记得一次，天下着小雨，我走在田埂上，水田里育着秧，小蝌蚪游得自由、欢快。忽然听闻数里开外，土堤上有人喊。我吓坏了，赶紧往回走。我越走，那个人追得越紧。顶着雨回家，刚进房门，父亲便回来了，"傻呀，娃子，我给你送伞"。

农人种庄稼，天经地义，父亲就会受伤。一次，收小麦，如山的板车压断了他的腿。他不知道怎么就来到了老河口，见到他黑黑瘦瘦的脸，我迅速地找了席氏接骨专科问诊。父亲十分愧疚，给儿子找麻烦了。他拿出三百元钱，执意要支付医药费。我绝意是不允许的。事过不久，母亲说："你爹说了，你是个有良心的娃子。"父母生我养我，这又算什么呢？

其实，父亲有什么错呢！只不过家境贫寒，读书不多罢了。

书　包

七八岁的小孩子，不知道什么是跳龙门，更不知道读书会改变一个人一生的命运。

反正只有一个愿望，快快乐乐地填饱肚子，别人有的，自己也应该有。王兴平有了黄挂包，我也想有。它有一个伸缩的背带，还有两个扣襻，要是有一个文具盒就更好了。我一定会像兴平一样，拼命地跑起来，让这书包拍打着自己的屁股，文具盒就会发出"哗啦，哗啦"的声响，那太有面子了。王兴平的爹，人家是镇上的兽医，家里有活套钱，买得起。我父母是老实疙瘩，一年的收入也就是一缸米来，一缸面，一窑红薯吃半年。没有办法，母亲就将废砂纸搓成布，缝了一个绛色的书包。没有作业本，她就让我到铁路沟里捡旅客扔下的纸烟盒，缝成一个本本。起初，我挺乖，也没觉得多丢人。

可有一天，老师发作业本的时候，提溜着我的烟盒本说："书地娃儿，你屋里真斗没得一分钱，连个作业本都买不起？"看她那嫌弃的目光，我恨不得钻到地缝里。我家里真没有钱，因为我们全部的家产，都在奶奶的手巾娃儿里。她卷了一道又一道，吐了吐沫，捻了又捻，还是没有给。奶奶说："这十几块钱，是准备过年换季扯布用的。"

我失望至极。但我没有怕，不担心没有作业本。看着门口"咯哒咯咯，咯哒咯咯"的母鸡，我有了想法。下午，学校组织勤工俭学，要到山那边去挖地。遂与东庄上的王兴成商量，偷偷去茶庵的供销店买东西。中午，一扫脸上的乌云。吃过饭，悄悄地从鸡窝里拿了一枚鸡蛋，飞速地藏进书包，顺着田埂小跑。一路上，我与王兴成莺歌小唱。不巧，前面有个大部队，大胡子正带着五十多个学生在大堤上行进。我隔着渠，佝偻在坎下，兴成也怕了。不上学还得了，家里人若知道了，一定是棍棒侍候。他迅速向我靠拢，我们两个不要命地挤在一起。

"啪"，清脆的声响，空气凝固了。完蛋！我的希望破灭了！发小的交情说断就断，情绪化作了一团团烈火。"你给我赔！"我轻轻撩开书包，鸡蛋稀成一片："你还得给我赔书包！"王兴成一顿委屈："我又不是故意的。"我恨我那砂布书包，我要扔了它。我决定了，拔腿就跑，兴成呆了，像一只失群的野鸡。

当晚，我的好日子来了。我跪在最讨厌的土坯房的堂屋里，面对着神柜，上挂一幅下山虎，它仿佛要吃人。屋子黑乎乎的，神柜黑乎乎的，母亲的脸黑乎乎的，我要进地狱了。她黑着脸到处找扫帚棍，一定要让我皮肉开裂。奶奶赶紧悄声说："乖！起来，别跪了。一会儿，给你妈认个错。"我咬紧牙关，就是不吱声。一个身影快步进屋，"谁让你偷鸡蛋的？"竹棍应声而下，先是在脊背上，"胆子大了你！"棍子上了肩膀。我依旧顽固到底，奶奶抢前一步："兵儿，听话。给你妈道个歉。"我低着头，忍着疼。"叫你犟！"一棍子打在耳朵上，火辣辣的。奶奶忙拦住，"华，打娃子要有个分寸，你从小就是打大的，啊？"母亲更加火大了，棍子像一阵风，一根烙铁，不断地烫在我的胳膊上。她恶狠狠地说："晓得吧？从小偷鸡蛋，长大挖窟眼！"

奶奶一把拽起我，我把头埋在她怀里。奶奶说："乖，不怕！你妈是为你好。"我哇地哭了，哭得撕心裂肺。不知过了多久，我迷茫着双眼。天黑了，那砂布做的书包，湿漉漉的，挂在门前晾衣的铁丝上，一荡一荡的。像我的魂，没有一丁点生气。我不知道，一个黄毛小儿，我骨子里莫非是生着铁，怎么不知道认错呢？一个字"傻"。

打归打，但也总归有犯事不挨打的时候。那个夏天，天热得天崩地裂，王随良、王富贵、王洪群五六个毛头小子去牛车沟放牛。坝底有一个草场，草场上面是一望无垠的水面。放牛时，一个必备的游戏就是打扑克。我年少，够不上级别。实在无聊，就去蹚水。不知何时，我陷入水中，手在水面上乱挥，水没过头顶，我拼命冲顶，一浪高过一浪。"有人落水喽！"一个鱼跃，三五个娃子，竟有人把我拽起。不知道是谁，一定要让我趴在牛背上吐水。我说不吐，没有呛到水。而事实上，我呛得一鼻子的清水。

这次放牛回家，只听见牛蹄声，没有一个人敢说话。母亲还是知道了。她匆忙地回家，我假装在看书。她摸着我的头说："看的什么呀？""《童第周》。"我应付道，等着暴风雨来临。母亲接着问："童第周是做啥子的？""他借着厕所里的灯光读书，成了一个科学家。""是呀，我们庄稼人都晓得，人怕发奋，地怕上粪。好好读书。"

那一晚，一家人没一个人提"牛车沟溺水"的事。大家围着煤油灯，吃着鸡蛋臊子面。

教辅书

西汉时期经学家刘向有句名言："书犹药也，善读之可以医愚。"

在十三岁之前，我压根儿没有上过街，买过书。家里东西都是自制的，奶奶纺线，妈种地爹打油，没必要上街。没有黄挂包，没有黄跑鞋，更没有闲钱来买书。说实在的，王兴平有一本《一百零一例》的书，让我很馋。三年后，在镇上参加小学毕业集中考试。那天中午，我还偷偷打听到镇中卖书的地方，听说叫新华书店。看着女店员昂着头，把票据和钱一夹，穿过铁丝一滑，便到书柜中央。我不知道这是啥玩意，因为，我只有三毛钱，买不起书。

我上学的学费，一学期是一块五。三年级以前，我不知道自己在干什么，只听到砖头码的课桌上，娃儿们唱着"啊喔哦"。

物资匮乏的年代，这本书让我懂得珍惜。书非借不能读也，我把《寒号鸟》《半夜鸡叫》《多收了三五斗》读了又读。在这村民们拉绳打桩分田地的日子，我的灵魂，已不可救药地迷上了《一百零一例》。一放学，我便跟着小平屁股后边，跑进他家。嘴甜甜的，违心地叫人，只为他把书拿出来，让我看一眼。他倒也大方，可就是不能拿走。在这本书上，我懂得了计算从 1 加到 100，可以用简便的加、减、乘、除综合运算，而不是叠加的笨办法。

没书的时候，我就听广播。我家的后山上，驻守着一支部队，大多是四川人和湖南人。它经常放广播，有起床号、休息号、熄灯号，有新闻联播，也有评书、电影转播。"学习张海迪，就是要做有理想、有道德、有文化、守纪律的共产主义新人！"当那美妙的声音，飘荡在绿油油的田野上，就像刮着一阵和煦的风，是那么温暖和深情。广播也是书。在这本书中，我认识了身残志坚的张海迪，《人生》里的高加林。

课堂上，大胡子老师再也没有打过我，总是乐滋滋地看着我写作业，别人答不上来的问题，他就让我来答。下课了，一群娃子依旧到秧田里找蝌蚪，我却能背出《小蝌蚪找妈妈》的课文。

一个秋天，秋叶在大地上翻卷，像翻开的一页页书。兽医老伯王兴平的爹帮我家领到了上镇重点初中的录取通知书，大胡子老师也说："王堤村小学有一个娃子，考上了重点中学，你猜他是谁？"我笑了，全家人都笑了。清人张潮在《幽影梦》中说："藏书不难，能看书为难；读书不难，能用为难；书能用不难，能记为难。"

于发蒙的村童而言，或许一本书，就如药一般，能医治愚钝，开启他人生的智慧。

雪　夜

1988 年，我爷爷平反的政策落实了。农历正月十五，我去谷城大孃家拜年。

席间，大人扯着白话："有文化的，才能农转非。""是啊，考学是走出农村的唯一出路。""书地娃儿，能干个啥？这脾气，老师？医生？"我讨厌孃孃们，谈论王堤我们这一房家门的不堪，不由自主地想离开这里。火车是下午五点半的，天仍下着鹅毛大雪。

回家，我需要从谷城的黄嶽乘火车回王堤村。放寒假前老师就说过，正月十七开学，要举行一次摸底考试。老师经常叫嚣："抓点紧啊，半年后就中考了！"可是，从重庆过来的列车一驶入火车站，就发现车厢里黑压压挤成一团。人挨人，人挤人，搞得像压缩饼干。为了赶上这趟车，站台上的人像地老鼠一样往车里钻，又把自己当作麻袋扁担筐子往车窗里塞。我是假斯文，自然落了单。

站在月台上，我像一只晚上被主人关在笼外雪地里的鸡，焦急地张望。车走了，我傻了。更傻的是，我竟能让自己从黄嶂、格垒嘴、龙王冲、柴店岗、梁庄沿襄渝线一路徒步走了回去，足足有八十里。当时，脑袋瓜里只有老娘一句紧箍咒："小兵子，这回学不好，真得回家打牛后半头了。"我是说过："妈，童第周在厕所看书，我能。张海迪身残志坚，我手脚健全。"可真让我傻到走回去自励读书。以当时心智，走路回家可以，囊萤苦读不可能，大抵是怕母亲的扫帚棍子吧。

天暗下来了，草垛、麦田、房屋慢慢地模糊起来。但我清楚地知道，这条铁路，它会通往我家的屋后和邻郊的军营。可眼前的路是一条黑黑的没有尽头的铁轨，怎么办？只能硬着头皮走。大约走了二三里，庄户人家越来越少了，夜幕下的山越来越高了。黑漆漆，阴森森，静得出奇。静得能听到远处村庄里的狗叫声，静得能听见自己咯吱咯吱的脚步声，静得能听见山上松针随风舞动的嗖嗖声。听说这山叫老军山，有个寨子叫格垒，是东汉末年刘表派兵修筑的堡子，用来抵抗曹操的部队。格垒嘴就是寨子伸到汉江里的尖角。我没有帽子，穿着棉鞋，盲目地走着。雪风越刮越大，像一把扫帚扫在木木的脸上，雪水从头发尖往下滴答，棉鞋里的脚趾尖已经湿了，不知是浸的雪水，还是汗水。

渐渐地，黑山没了，一条白河出现了。无疑，这是汉江。四野空旷，雪风比山壑里要更大一些。定眼一瞧，从格垒嘴上伸出一座长长的铁路大桥，三里有余。它是钢结构，黑乎乎一片。桥面上，没有一丁点灯光和人影。这样的画面，不知道画家画过没有，抑或是《风雪夜归人》。雪花从天空顺江而下，江风往裤腿里不停地吹灌，人像挂在桥栏上的风筝，摇摇欲坠。我紧紧抓住桥栏的钢筋，脚一步一步向前探着走。手冻僵了，便缩进半只手掌，用衣袖牢牢地捏着钢筋。

走着走着，我的脚掌不见了，我是用脚跟在走路。手指伸不直了，拉衣扣的力气都没有。我的鼻子丢掉了，只剩下一双眼睛，只能用鹰一样的眼睛，到处搜索着亮光。水泥桥越来越短。当脚踏上了地面的一刹那，我回望格垒嘴那黑秃秃的岩岗，深深地叹了口气，问道：这辈子，还会再走这样路吗？

雪依然下着，风依然刮着，路还有五十里，要穿过田野、坟茔、沟壑。我不再怕。我总有意无意地把铁道上的石子踢到沟里，让它发出喔当的声响，与我相伴。总时不时把自己眼光顺着有温度的方向，变成一片叶子，贴在那有灯光温暖的窗棂上。我头顶着雪花，雪人般撞开了久违的家门。母亲惊奇得像遇见外星人。我不想多说话，让她给自己倒盆热水，烫烫脚。她问："你咋回来啦？"我低着头望着针扎一般的双脚，既痛又哽咽地说："明天考试。要读书。"

多年以后，我上了大学，当了老师，进了机关，全家人进了城。王堤村也变了。田头建厂房，小车进村庄，生活变小康。现在想来，吃苦是福，我们读书，不仅为找口饭吃，也为多一些选择工作和生活的权利。

写着、写着，天慢慢亮了。写王堤村，写童第周、张海迪，我魂牵梦绕的家园，述说我父辈们的鸡毛蒜皮。窗外，刮来一阵风，又好像是母亲在说话。她依旧喊着我的乳名"书地"，慈祥而深情。她说，人生遇到什么困难不可怕，关键要有面对它的勇气。

是的。那个荒芜的岁月，让我度过了愚昧的洪荒。

一

大约是七点钟的样子，床头柜上闪过一道亮光，刺醒了我迷迷糊糊失眠的神经。我习惯性地枕着左胳膊，眯着眼望了一下窗外，天灰白灰白的，像下着一张硕大的雾网，让人感觉自己是一条束手就擒的死鱼，心情低迷。房角放着一张旧式的包皮沙发，堆满了旧衣物，杂乱无章，码了一层又一层，恍惚中，它就像一个年老色衰的妇人。尽管客厅里换了蓝灰色的贵妃沙发和七十英寸液晶电视，可这墙角的物件，毕竟是结婚购买新房后的第一份大件礼物，陪伴我们整整二十个春秋，舍不得扔。窗外，已有街市的声音。

"张坤来信息，问几点走？"我推了一把头埋在被褥里的亢丽。

"嗯。"这是一个没有态度的回应。

一切又恢复了沉静，静得似乎能听见虫鸣。这是她生病十三年后的自然反应，若要让她真拿个主意，她一定会闭着眼，说头晕。因为她患的是脑部肿瘤，遇不得事，操不得心。我试过，让她给岳母挑一件衣服，她僵硬得心慌、出汗、两眼发直，像一个没有声响的木头人，呆呆的。

"八点半吧。"我对自己说。顺手把信息回了过去，得到了一个手势"OK"。

半年来，我总是凌晨两三点惊醒，折腾一两个时辰，才能入眠。我还是急急地起床，趿拉着冰凉的旧棉拖去洗漱一把。镜子里的人，头上像长满着一堆草，两绺头发胡乱地搭在额前。牙刷刚一进口，牙龈竟渗出血丝。倒霉的肝火，我曾经怀疑自己得了白血病。

今天是腊月二十八。德平说，他们全家今年去新加坡过年。飞机票已买了，就是二十八的。说话干脆，意思是这票无法更改。德平是长兄，儿女双全。姑娘在澳州留学，儿子在南京一家路桥公司入了职。俗话说："人大分家，树大分权。"但真不在一起过年，我心里还真挂念，毕竟一奶同胞。我得回家陪老母亲，给自己找了两个理由：一是父母在，不远游。二是父亲过世不满三周年，应守重孝。三儿德涌是我弟，也是生意人。

我问，母亲呢？德平不知。是不是还在宾馆？问三儿，也不知。我问母亲，母亲说她三天前已从襄阳回到了老家王堤村。自父亲过世后，母亲就寄居在德平襄阳的宾馆里，一辆三轮车，一只小白狗，就是她的全部家产。春节来临，不知是不是得知德平欲去国外，性情耿直的她竟带着她的全部家产，悄无声息地回到她的一亩三分地。我曾思忖，可否让她到老河口过年，又犹豫为父亲守孝之故，便打消了这个念头。

我一边匆匆地梳洗，一边催促着儿子宇航。车子上要带的东西太多了，伯父家三十口人，孃孃家十二口人，烹炸炒煎，八凉四炒四炖，猪牛羊鱼是断然少不得的。家宴的酒水、瓜子、水果、点心缺一不可。今年的羊肉涨了不少，三十八一斤。玉皇阁卖肉的女人拿着刀，啪啪地拍打着半只羊腿，嗓门儿调高八分："啥世道？一只山羊两三千，卖个白菜价。"买肉的老汉抠抠搜搜，掂了又掂这腿："就这前胛吧。"那女人一脸鄙视，下刀、过秤，遂嚷道："三百四。"一把肉扔孙子似的往案上一摔。我仗着自己是有钱的主儿，买了只半腰后腿，算是躲过那势利的眼神。想着这，我庆幸自己尚有半碗饭吃，心里平静下来。

"楼下的贺记，还有蒸馍和炸馍尖。"我胡乱套一件军绿色的旧袄，穿一条黑色运动裤，蹬一双半旧跑鞋，与亢丽、宇航下楼。这个春节，人们还是热情地招呼着："老歪哟，年货办齐喽？""齐了，算齐了。"灯笼、对联、门神都必须有的。梧桐树下，一排一排的灯笼犹如天上的街灯，红红火火。街上，少许人戴着口罩，纷纷拎着抢购的东西。我让宇航去买口罩，我去贺记炸货店。

我的故乡在樊城王堤，一个偏僻的村落，是低山丘壑毗邻汉江最狭窄的地带，所幸，它高于河岸，真有水来土掩的气势。这里虽是山野，但它春有槐花，夏有稻蛙，秋有山菌，冬有松扒，天撒天种，有不少乡村的野货。故乡还有一个好处，山河间有一道二里地的大堤，堤下有一池数百亩的湖，不知哪个年月，湖水干涸，人们就筑起一井一井的田。要说"稻花香里说丰年"，我从三岁顽童时起便耳濡目染，颇有感触。多少个丰收的日子，人们在稻场搭戏台。"小苍娃我离了登封小县，小苍娃——我离了"，咿咿呀呀，黄毛小儿乐，白发老妪乐，赤膊汉子乐。

一切准备停当，张坤迟到了。也算不上迟到，就是十点钟走，也误不了事情。原本，他的二姐从江苏回湖北，经武汉，是十二点四十分的车到襄阳高铁站。听说武汉的疫情越来越严重，有人传人的迹象，他二姐就退了火车票，从江苏自驾回乡。三十年的背井离乡，朋友安顿姐妹是难有的慰藉。我的归乡，竟成了他人的叨扰，不禁愁眉蹙额起来。张夫人说："抱歉，马上就到。"可我却觉得拖累友人，实属不该。

坤，个头不高，其貌不扬的糙汉。曾在东莞务工，为女儿求学回来的。平时里，监控、电工、印刷、滴滴，无所不能，倒像一条八爪鱼，什么事都抓，是一个对生活抱着十足热情的男人。我知道他生活不易，打趣说："坤，你是一个有房有车的人喽。"他一扶眼镜，咧嘴笑："车子五万块，房子是公租的。"要说，这两口子，因为个儿小，倒有不少趣事。个儿小，显得年轻，一日闲下来，他夫人逗他："我是你拐来的未成年人哟。"坤的老脸就傻乐。

一路上，坤不停地道歉："这年头，街上路修多了，二姐找不到路。"

车子爬过一道坡，房子密密麻麻，火柴盒式地沿着公路一溜排开，没怎么讲究"明三暗五，飞檐走兽、四水归堂"的建筑法式。营盘中，立着一根标杆，匾牌上书"拥军爱民"。这是去往老家岔道口的标志。往东，山上有一座军营，当兵的多是四川、湖南人。深更半夜，站岗站乏了，没人管，就吼上几句"高高山上（哟）一树（喔）槐（哟喂），手把树干（嘡）望妹来（哟喂）"。路口，部队营区的标杆下有一供销店。二十世纪八十年代，店里的职工都是镇上的。乡里娃总会三五成群，拿着鸡蛋去换作业本。有一位顽皮的白发老头，总要隔着柜台抓着我的手，笑眯眯地说："这娃子，长得真俊。"你越挣脱，他越不撒手。从桥头，到仙人渡、莫营、柴店岗，再到茶庵，也就半个小时车程。细数这一路的故事，里程虽短，却流淌着我半辈的人生。

拐过一段"匚"形的村路，就会见到一座蓝瓦黄墙的院落，四坡流水，铁栅相围，枇杷满园。我见到了母亲，她依然是顽固的"锦衣夜行"的做派。非得走亲访友，才愿换一身净衣。佝偻着身子，着破絮的棉袄，穿污泥的棉鞋，一张被岁月榨干的脸，就是她一生的写照。你劝她该歇一歇，她总要抢白："我十三岁就上三干渠挣工分，就是喜欢做活。"儿子都进了城，空有一院的清冷，一人一车一狗，涂抹成她一生寂寞的乡景。

有了人手。母亲忙说："老话道，二十七，杀公鸡；二十八，把面发；二十九，蒸馒头。我们得发面、蒸馍了。"

我说："蒸馍已买了六十个，炸馍十斤。够了。"

"家里什么都没有，得到镇上去买些牛肉。"母亲又说。

"买的有。牛肉十二斤，羊肉十斤，柴鸡六只，鱼十八条。"

问过一通，见到一车子荤的素的，没有她一丁点事做，难免落寞起来。宇航拉着她的胳膊进屋："奶奶，你歇歇。忙了一辈子。有事情，我们来做。"我与母亲的性格相冲，言语也不怎么相和，说话算是生硬："这几天，武汉有疫情，人传人，你不要去隔壁邻舍瞎白话。我们都戴着口罩了。"我像长官命令下属一样。她似信非信，"是吧？"

进屋。瞬间，红红的火盆，照亮了整个客厅。亢丽给母亲沏了一杯茶。母亲自解自劝："我咋生性斗不喜欢喝茶？"在老家，方言把"就"念作"斗"。我逗她："斗，你一辈子斗，与茶庵斗，与茶场斗，与稻谷田斗，忙得顾不上喝茶。现在不斗了，喝茶。"无奈，母亲喝一口茶，美美地笑了。我们一家三口也笑了。或许，在这个祈福的节日，无论贫穷与富贵，一家人团团圆圆，围炉煮茶，就是应有的幸福吧。

二

也许是被褥格外柔软，昨晚，我睡得很香。

原以为亢丽不会适应这乡村的生活，可扫了一眼，银灰色的窗帘，洁白的墙壁，朱红的案几，与城里无异，她仍睡在梦乡里。亢丽是城里出生的姑娘，她父亲是卫戍天津的军人，母亲是商业幼儿园的教师。按说，娶了她是八辈子修来的福分。我感觉，自己就是《人生》里的高加林，头悬梁，锥刺股，进了城。亢丽毕竟不是刘巧珍，她是我的大学同学，一起分配，当上了人民教师。后来，我又进了机关，做一些写写画画的工作。1997年国庆节，我们结婚了。春节回村，一个纠结的问题就是泥泞的村路。乡亲们说：爹妈亲，没有泥巴亲。一次，趁着天暖，有一家在泥巴窝给小孩子洗澡，亢丽看到就来了气："大冬天，那小孩子怎么就光着屁股，在屋场上大脚盆里洗澡，弄得跟杀猪似的。""乡下，有点太阳，就洗呗。"我解释说。乡下与城市不一样，它随性，没有多少隐私，没那么金贵。

我的根在农村，父母在农村。每年的春节，我们得回到农村，贴春联、包饺子、放鞭炮。当我们三兄弟拎着大包小包的礼品回到村口，老实巴交的父亲母亲一定会站在村道上远远地等着。就像农民望着堆积成山的稻子，仿佛我们就是他一年到头的收成。

小时候，每每年关，奶奶总要在春台上，奉上一盘煮熟的整块的肉，上插两支筷子，念念有词地祈祷一番，然后跪在蒲团上，磕上几个响头。春台上的中堂颇有讲究。奶奶总要叮嘱父亲："要虎，不要鹤；要下山虎，不要上山虎。"父亲不懂，多数买的是上山虎。没有办法，奶奶一声叹息。多年以后我才知道：我爷爷英年早逝，她觉得门丁不兴，供奉鹤，不太吉利。而上山虎是吃饱的虎，喻义好吃懒做。下山虎是饿虎，虎虎生威，开创家业。

每逢春节，奶奶总要纺线、扯布、剪样，缝制新衣。有太阳的时候，她就在檐下做针线活。当她一针一针地在发际间划拉的时候，我们弟兄三个不听话的鬼，守着她的线簸箩，怀疑会不会刺着头皮。因为六口人的衣服一针一针地缝，忙不过来，她也不搭理你。

那个腊月，一个白发的老奶奶挎着盖布的竹篮走村串巷，叫唱："卖曲子哟，大曲、小曲。"曲子拖音老长老长。一群娃儿咚咚地跑去看热闹。揭开盖布，是一窝麻乎乎的小球。奶奶就买了回去，先碾成末，待糯米饭蒸好，放凉，拌匀，装在一只干净的木桶里。放置一两天，又转盛至一个大木盆里。木盆放在粮仓上，盆底放稻草，盆上盖棉被。过不了几天，经过发酵，米饭就一粒粒膨胀了，冒出丝丝的酒香。奶奶是石花人，叫它"糟子"。在大集体，我母亲崇尚犁田耙地，不屑在家里挑花绣朵，说那不是干革命。这些零零碎碎，她也瞧不上眼。没有净衣服，她就把父亲的衣服穿上，不爱红装爱武装。让母亲做饭，就是"大锅炖"，两把菜一瓢水，不用筷子，端碗一喝，就出门干活。

这个年月，丰衣足食，没有了粗茶淡饭。这一切，只是一种念想，乡愁。

我没有叫醒亢丽。今天，要做的一件事，就是大锅卤煮。自十一岁在外上学，我吃遍百家饭，煎炒烹炸懂得一些。牛羊鸡肉先腌制，然后下锅炒糖色。糖化起花，加水放料，再入食材。看着咕咕嘟嘟的水花，恍然觉得自己是一大厨。三月三打糍粑，四月八蒸粉肉，五月端午包粽子，六月六来熟梨瓜。星辉日月，人类是如此有智慧。有一次，谐翁修了一个焚纸炉，竟写上一句"上天言好事，下界保平安"，先生也真是乡村民俗的追捧者。

贾岛有诗云："晴峰三十六，侍立上春台。"而如今，我准备了酒器鲜果、鸡鸭鱼肉，可祭祀的春台却丢弃在院子的角落里，冷冷清清。几千年的膜拜，祈求世人一生平安，是怎样的一种情怀。

三

大年三十，村子里静悄悄的。

搁在二十世纪八十年代，这一天，村里已经喧嚣起来了。男人们脚赶脚去堰塘里担水，女人迎着太阳洗刷着歪歪扭扭的桌椅碗筷，一群乳臭未干的毛头小子站在石磙上劈甘蔗。四十年的光景，又是一茬的小伙子，我却不认识一个。这村里人，十有八九在外地打工。母亲说，王群义的儿子定在初六结婚，但如今一家人急趴了，因为疫情，人在深圳回不来。

胖哥三儿德涌捎口信说，迟一些回来，在襄阳的医院打针，血压有些高。

那就不等他。我们去东山上，给故去的先人烧一些纸。我的爷爷礼，是二十世纪五十年代的教书先生，奶奶秀是小脚女工，父亲山是个油匠。他们一辈子籍籍无名，只有埋在这东山上，荒草一冢。老家太平店王堤村，团年宴前，是一定要去烧纸的。跪在坟前烧纸时，晚辈嘴里要念叨：爷爷、奶奶、伯伯，回来过年啦。然后，鞭炮齐响，为先人引路。

山下，仍有三三两两祭祀的人。这山丘，已不是我们少时耙松毛的山峦。那时，采山菌、折松枝、背柴火，就是一方空旷、清幽的田园写真。而今，在这荆棘密布的山丘，一座座的家，人挤人人挨人。不管你生前多么飞黄腾达，抑或多么穷困落魄，在这里，百年轮回，终将是尘归尘，土归土。英国诗人布莱克在《天真的预言》中写道："一沙一世界，一花一天堂，一树一菩提，一叶一如来。"我们又有多少人珍惜我们眼前的一切呢？珍惜亲情，珍惜工作，珍惜友人。

上山回来，按理说是要贴对联、挂灯笼的。因父亲过世不满三周年，我们可贴黄对联，也可不贴。德平在家的时候，作为生意人，讲究气派，一定要有三红：一是大红灯笼高高挂；二是炭火盆里红彤彤；三是大红的炮仗轰轰响。母亲是个一生节俭的人，她觉得，一挂鞭四五十块，"噼噼啪啪"，不抵一碗大米饭，不主张铺张浪费。今年，德平不在，婶子说："大掌柜不在，二掌柜上。"我笑着说："那是必须的。小的时候，还有叫大少，二少的。与掌柜的比，少爷的层次还要高哇。"有些习俗，它刻下了家族生命的印记，是不应该忘记。

我记得，爷爷三岁而孤，太奶奶靠纺线织布过营生。虽不是"朝扣富儿门，暮随肥马尘。残杯与冷炙，到处潜悲辛"，但也是吃糠咽菜，饱受饥寒。现在日子好了，但不要忘了"泥瓦匠，住草房；纺织娘，没衣裳；卖盐的，喝淡汤"，于是，我与亢丽说，团圆宴应该有一个主题，就是酸甜苦辣过大年。

二十世纪八十年代初，我家就有几道家常菜：晒伏酱、糯米酒、苦瓜干、腊鸭子。我不知道，它是什么菜系，徽菜，赣菜，抑或川菜。但我觉得，它的色香味颇对我的胃口。我一直觉得我是南方的胃，食材大都辛辣去湿。不过，书法家胡文超给了我一本家谱，便还真证实了这件事。我的祖上是从江西吉安迁居湖北应城，雍正年间，流落到襄阳太平店的。

而河南菜，就不一样。他们注重高汤，"扒菜不勾芡，汤汁自来黏"，说的就是这个道理。有朋友武生兄，经常带我去喝羊肉汤。一碗汤一块馍，是他最幸福的人生。所谓清水羊肉，就是羊肉清水炖得发白，那算比较好的高汤。一打听，原来他母亲是南阳人。南阳有句俗语叫"怪酒不怪菜，好汤就上来"，他们劝菜的口语就是"喝汤喝汤"。有人开玩笑说，湖北人去做客，本来要去夹鱼，主人说"喝汤喝汤"，夹也不是，不夹也不是，颇为尴尬。

在老河口，"小吃要到马悦珍，做席要到宴乐春"，他们煎炒焖炖，各具特色。我都有所接触，难免依样学样。三十中午，我除去"八凉六炒四炖"，外加"姜丝蒸白鱼""拔丝红薯墩""爆炒苦瓜干""炝炒辣子鸡"，虽手忙脚乱，也算是对先辈的一种追忆。

"砰砰叭，砰砰叭"，胖哥三儿回来，鞭炮声响，团年开始。

母亲坐在上席。今儿个她高兴，喝了一杯。

四

风从田野吹来，满屋子是青草的味道。

初一，不动刀，早餐就比较简单，丢一锅昨晚包的饺子就好。我家的土话叫抄手、圆包，荤素各半。或者，煮一锅伏汁，馏一算子炸馍，端上年三十儿的卤菜，气圆馍熟，趁着热乎吃。这意味着，新年的日子会团团圆圆、红红火火。这一天，乡村的习俗，水不外泼，物不外扔，好像意思是，人不杀生，财不外露。起床着新衣，第一件事就是给家里长辈请安。宇航有些腼腆，一句弱弱的问候："奶奶，新年好，给您老拜年啦。"母亲就塞给他一个红包。"不用，不用。我都大学生了，您留着买吃的。""傻娃子，这是压岁钱。"

母亲七十多，花白着头发，单薄着身材，是一个纯朴一生、性格傲强的人。

一头老水牛，陪伴了她二十年。年轻的时候，"雷打立春节，惊蛰雨不歇"，她是侍农的一把好手，使唤耕牛，剖篾编筐，箍桶油伞，砌墙盖房，样样在行。而今，拖拉机下了田，老水牛靠边站，种地收入薄，水牛与人不再起早贪黑，脸朝黄土背朝天，可她坚信女子也抵半边天。要不是儿女们相劝，她依旧年复一年地一大早牵着老水牛，去饮水，去放豆料。一直以来，这个曾经的铁姑娘心里不服，就算儿子们进了城，她仍觉得命运对她不公，肯定是有人与她作对。要不，德平家里装修，木匠师傅总浪费板材；村里自己建新宅，砌匠起脊不到二米八；鱼梁洲果园里，看护人老黄总是偷鸡子吃。以至于，她找来一本《圣经》苦读，与人论不行，找书论个理儿，从心里去宽恕那个人。若不是父亲过世，我认为她仍然会供养那头老水牛。因为牛是她命里的笃信，或许，她牵着一头，这才是她"牛困人饥日已高，市南门外泥中歇"的理想王国。

亢丽自然不懂牛呀马呀、吃茎吃叶的旧事，搭不上话，便去起身洗漱，母亲赶忙站起来说："擦脸的在那个白瓶里哟。"宇航似听非听，一直深浸在《渔舟唱晚》委婉悠扬的旋律中，是两个世界的人。只有我是吃她奶长大的人，不能不听。"吱呀，砰。"门好像被风吹开，又关上。是小白。小白是母亲养的一只狗，时常与她撵出跟进，就是上街，它也要追着坐上三轮车踏板，一同去集市。每每母亲总要嚷它："不要去！你不怕街上有人吃你的肉？"狗依然不理，犟得像个人。此刻，它探头探脑，欲进不进。母亲皱着眉，一顿埋怨："你呀，碗里盛那么多肉，斗不吃。"

母亲爱操心。邻居老秋的爹瘫痪了，她替人家祈祷。我说："个人能帮衬就帮衬一下。你代替不了村委会，你也不是救世主。他有医保，有儿女，还有国家，你管好自己，把身体弄好就是万福。别人管不管，是别人的事。""主让我们做善事。"一听，我知道她是从书上读的。"经济在发展，思想有多元，你要允许各种各样的人存在，每家每户吃饭的口味都不一样，它能与你想象的一个样？"

其实，母亲唠唠叨叨，有她的道理。人活一世，本本分分，别做出格的事。她说："王兴锋在广东打工，又找了一个女的。今年，媳妇带着两姑娘就没回来过年。这日子咋过的？王华东离婚，女儿判给他。他在珠海打工，天远地隔，谁个管得了女儿？当妈的在石花，姑娘跑社会，十八岁就怀了孕。这个春节，他们两人都不能回家，老人盼星星盼月亮，盼不回来，心里不是个味。"生活就像一双鞋子，舒服不舒服，只有自己知道。兴锋和华东，都是我家的邻居。一个父亲是木匠，叮叮哐哐，打箱制柜，挣了不少零花钱。一个老爹是镇上水泥厂的国家工人，有个活工资，这个月去了，那个月有。不承想，手头阔绰了，精神却颓废了，家里家外闹得鸡飞狗跳。

过年，谷城的表哥打电话来说："政府有规定，今年过年不串门，改电话拜年了。"我笑着对母亲说："你今年的红包，省不少哇。""哎，是省喽。"她望着空旷的田野，好久没有吱声。这样的日子，真有乡村人偷乐。有人拍了个视频，一女人穿着花睡衣，夹着旧拖鞋，坐在房脊上，手掩着嘴喊："二舅，我就不到你那儿拜年了，你也不到我这儿来喽！"

五

破天荒，过年无客。

去郊外。村道沿着铁路，一路向南。往前五百米，左拐就可进山，有一进三重的丘壑，山势不高。山上，松涛阵阵，谷中，青禾蔓蔓。山坳处，有一个大冲，溪流顺势而下，趴下可喝水。两山一夹，出了山谷，注入山外的湖中。湖中无水，人们便耕作成了稻田。

听说，山里曾住有一户人家。细看，尚有荒芜的墙角，石砌的猪圈，一棵飘摇的老柿树。长年没有人打理的原因，树也光秃秃的，似乎干枯如柴。乡亲们说，这家的院落邻近一片坟墓，风水不好。几年间，死了儿子，死老子，剩下一个哑巴娘和一个痴傻的儿子，搬到山外谋生。有人说，还看见过傻儿子马三。他挑着一挑小山般的芭茅，走过村口，癫痫病犯了，口吐白沫，像一只被杀了的鸡，在地上抽搐。再后来，就没有了音信。几番挣扎，只留下了几处低矮的坟包。

山谷中不住人了。有人搭建了一排窑场，挖山取土，生火烧砖，倒也是不错的营生。年轻人在外打工有了钱，就在家起楼。一座座的山，变成一幢幢的楼房。一天，镇上来人了，封条一贴：关闭。好端端的黏土，白可惜了。山里又栽树，麻子梨一冲下来，黑压压的，长得茂盛。秋下见了果，二狗子带着村民闹事，说承包费分配不公，窑场拿了大头。村委会说，麻子梨是窑场补偿款植的，建窑场的钱，是银行贷款拿的。要想公道，打个颠倒，银行的贷款能不给？偌大的王堤村，就只有这一谷地，是村集体资产。不放水养鱼，卖了分了，遇上了灾荒年，大家都喝西北风。二狗子见没有赚头，悄悄地跑了。一场风波，就此消散。

山口处，过去是一间茶场。地荒废了，就搭了一座戏台。逢年过节，部队就在这里放电影、演戏。天微黑，村民们就搬来自家的木椅，看戏里的人生。看着引人入胜的《少林寺》《人生》《咱们的牛百岁》，他们会随着电影情节，气得击节，怒得骂娘，乐得忘形。灯光下，他们看见铁路工区的巡道工用自来水洗澡，羡慕不已。一对青年男女，悄悄地走在人群后边，咬着草根，听着蛙鸣，踏着月光，望着那一练一练的水。女的对男的说："到时候，我们也安自来水？"男的点头："会的。砌个水塔，就有了。"

从戏台到铁路间，过去是一方一方的田，现在却盖上了一座一座的楼院。女人在门口给一个五岁的丫头梳头，男人拉着狗链在村道飞跑。一辆小汽车从村里开出来，响着狂放音乐，"你的那一句誓约，来得轻描又淡写"，狗受到惊吓，追上去，"汪汪"。田野中，一只麻灰的兔子，也惊得跳跃着逃开。可惜，村里的猎手不得去打，枪已封在房梁上。

一村子人，不管怎么磕磕绊绊，日子总算越来越好。

六

一待就是六天。高潮社区，是我们包保的单位，社区有工作，也该回去了。我打定主意，要回去做一点事情。公交、长途已停运了，那就让张坤开车来接吧。也许，路上已延绵了十里的车辆，坤的车是过不来樊城的。就算过得来界沟，回去被老河口查扣，又惹不少麻烦。于是我们一家三口准备步行过牛车沟，往柴店岗。

母亲要送，我不允。望着她，我想起黄景仁的诗："搴帷拜母河梁去，白发愁看泪眼枯。惨惨柴门风雪夜，此时有子不如无。"我劝她道，家里粮油还有一些。表姊妹住在邻村，二三里路，多少有个照应。这封路也就是一周两周的事，事情过去了，我就来接她到城里一起住。德平一家六口尚在新加坡过他们的夏天。三儿怕封路，三十晚上就回了襄阳。留下母亲一个人，心里很不是滋味，确实有些不舍。但带上她，这一宅院落，又暂时没人照料。见我犹豫，母亲说，有吃有喝的，怕啥。

牛车沟是一条洪水下切的界沟。北去是柴店岗村，南来是王堤村，十余丈宽，好比一条水龙。这个季节，沟底没有多少水，甜草根、辣蓼子、黄花苗等一些杂草肆意地生长。有人在沟底拦出一块田来，栽种水稻。由于过路的水多，人们就种上一季水稻。十月稻谷收割后，就懒得管它，撂了荒。田埂与对岸，垒上一座小堤，就可上到坡崖上去。溪水漫过小堤，发出簌簌的声响，向下游流去。堤湿，稍有不慎，会落入溪中。我们一脚泥，两手刺，只有这一回，竟是这样不堪，又像几只孤鸟去投林。亢丽说，我们是逃难的。

爬上坡，村子已慢慢远去。一个矮小的身影在堤上，是母亲。她远远地望着我们，指指点点，我却听不清。电话打过去，母亲说，从铁路栅栏边的边道上进村，路宽一些。大片的田地都荒了，哪有人走路，那路早已长满了荆棘，杂树掩埋了通途。我回应她，知道，不用操心。站在草甸上，深一脚浅一脚，我向她挥手，她向我挥手，还不停地喊着什么。听不清，我真有一把鼻涕一把泪的感觉，只有把泪往心里流。

柴店岗这个村子，自然是因打柴而得名。一沟两岸，多是一家人。刘家嘴的姑娘嫁过去，八间房子的姑爷接过来。二十世纪七十年代，沟上筑一水库，叫牛车沟水库，水面数百亩。无论王堤，还是柴店岗，都各筑有一条水渠。到了六月，砍了油菜，就可开闸放水，犁耙水响，稻禾青青。人们不再看天吃饭，劳动者不再是粗布襄衣，一身的疾苦。

打柴的村子不大，房屋像一队队的士兵排列，整齐划一，足见他们要比王堤规矩得多，不是张家长李家短。进了村子，不少村民戴了口罩，在门口闲谈。尽管地偏人稀，仍有些孩童贪恋节日的浮华，打球的、踢毽的、放炮的、追逐的，一时忘乎所以。疾病尚远，无人焦虑，真有一种"尘外谁分岁华，客闲呼童戏耍"的味道。有一小姐姐，突然丢了沙包，悄声细说，带着两个弟弟，一路走向村口，竟是买了一把糖，一人一颗，衔在嘴里欢心地跑开。空旷的田野上，传来他们轻快的脚步声。

不大一会儿，坤兄来接。

再见，吾乡吾土。

病无恙

五月三十日

　　这半辈子，我的性格中，总有一个"忍"字。我生病了，估计是脑供血不足，走路就发晕，想扶着物什。我觉得自己可以撑过去。中午，在市政协又召开会前的工作安排。王韶梅，人称王小胖，为读书会筹备了几天了，很是辛苦。她让我穿着正式一点。

　　我洗了澡、更了衣。也许吹着空调屋的凉气，毛孔收缩，确实让我的晕症有些加重。我努力让自己镇定。范超策划，化丹串词，李军、梁世勇、杜平、辛方舟、韩丽华朗读。六点钟，甘霖来电话，说与守成、怀强可能晚一点参会。天气依然炽热，参会的老师都躲进了演播厅，我却不敢进去，生怕中招了。大约七点半，活动开始，窗外像拉上了帷幔。我有些恍惚，心里暗示自己：一会儿就结束了。我走路都成问题，但不愿给任何人讲，因为这是我的专场。

我勉强上台鞠躬。

一番开场白。化丹问："什么是好的散文呢？"我身体几乎开始摇晃了，只得用脖子硬托住头说："湿润的灵魂，非凡的叙述，开阔的眼界，动人的细节。"

快了！快了！我清楚地知道，这个环节已告一段落，想松一口气。观众听得很认真，我不敢看他们。头上冒着虚汗，两手发凉。我看了一眼邻近的刘晓蓓，示意她扶我出去。她很疑惑："怎么啦？"刚走出门口，我就天旋地转，呕吐起来。几个朋友紧张起来，有的说，"缓一缓，就把小时时间""书的作者不在不好"。王韶梅按摩着后颈。化丹掐着肩说："是闭住了，掐出血就好了。"这不是我第一次眩晕。一次，在办公室，我扶着门框，忍了一会儿，好了。又一次，在家，让滕世举打了两瓶吊针，好了。这次，有些严重。我不停地吐。李军是一医院的干部，他说："刘老师，我叫个车吧？"我仍不住地吐，只有说："好。"我心里知道，只要不是脑出血，就没大事。

音乐厅仍在继续，我怕躺在担架上，那样我更晕。在老河口一医院的急诊室，麻国全、范超架着我上了轮椅，等医生。有没有高血压？没有。护士也不敢多问话，她们也怕脑出血，见得太多了。交个钱，做CT，等结果。我佝偻着身子，卧在病床上，像是在抽搐，像一个将死之人。病房里原本有一个人，也吓得走开了。我给护士说："给我打上针。"她们没有理会。因为她们只得听医生的安排。我勉强给滕世举打去电话，问他上次打的什么药。滕世举说他在襄阳。

扩管、消炎，总算打上了针。我心里稍安慰一些。

我挂着吊瓶，不想麻烦别人，就让朋友回去。虽然抬不起头，仍固执地头枕着被子，给亢丽电话："我在一医院急诊室，估计要住院，来一下。""哪儿？""一医院急诊室。"天已完全暗了下来。街上，万家灯火，喧嚣起来。病房里，幽幽静静，冷冷清清。我想着，一个病倒的人，能重新站起来，多半是好事。若站不起来，那就是灰暗日子的开始。我真不知道，一个眼睛高度近视的人是怎么摸到医院的。这时，我的心安定了一些。灯光煞白，几个朋友走了，病房里只有我们两个，偶尔护士来一下。

人总是需要安全感的。在这危急时刻，电影里演绎的总是高度紧张，而我的经历，又是那么稀松平常。时间过得很快，大约两个小时过去了，我对亢丽说："我们回去吧。尽管还是有些晕，但医生说没有脑出血，我们还是回家吧。"黑暗中，我们相互扶持，缓缓地往回走。摇摇晃晃，一步一步踏着树的影子。孤独地、坚忍地、迷茫地，听着自己的呼吸，听着自己的脚步声。心理暗示：病会好的，焦虑的情绪会过去的。

哪知道，这才是个开始。

六月八日

一转眼，一个星期过去了。

有几次，下班回家，总会听到一个声音，"我在厕所里"。是的，亢丽摔跤了，她躺在厕所里，起不来。焦虑的情绪，又弥漫着我们的家庭。

我把她拉起来，叮嘱她用主卧的厕所。我甚至去中山路，买了老人用的坐椅，防止她跌倒。可一连几天，她还是摔跤，还是那句话，"我在厕所里"。表情十分无奈。我片面地认为，亢丽是因脑瘤伽玛刀后，睡觉的时间太长了，缺乏锻炼才跌倒的。

所以，我建议她多走动。

六月二十日

十天过去了。

亢丽说，她头既疼又晕。我担心起来，她的脑瘤不会复发吧？已经十四个年头了，按道理已经稳定了，这次是一个什么情况？

疾病摧残人。亢丽挽着我的胳膊，我们再一次来到一医院的门诊大楼。医生是一个中年男人，洪湖口音。在墙上的灯管下，他看了我们在武汉协和医院的片子，喃喃地说："要对大脑再做一次 CT 和核磁共振。"又是看片，又是喃喃地说，"病灶没有扩大呀。"

那就再观察吧。

这几天，亢丽似乎十分累。病是拖不得了，我决定让她去住院了。我联系了李作贵医生，他很热情，总是抱着鼓励的语气，絮絮叨叨，我甚至觉得他应该去当语言课老师。

三天后，我和朋友一起送亢丽去做核酸检测，办理住院手续。这个时候，她的精神状态尚可。四楼老年病科，八人病房里，我们靠近窗户。她无奈地说："唉！只有在医院里才能享受被照顾的权利。"是的。这天，水利局的熊旭东央我给他们写一个移民经验材料。我总是跑东跑西，忽略着她。环顾四周，病房里多是七十多岁患高血压的老人，唯有我们年轻。"多大岁数呀？""四十五。""年纪轻轻的。""唉，咋回事？"病友们都感到不平。

我们的主治医生是一个叫范玉珍的女大夫。她走路一跛一跛的，有些故疾。人很老好。是十堰湖北医药学院毕业，典型的"80后"。看片、查血常规，她说："没多大问题，就是重度贫血。"打针、输血，打针、输血，五天时间，血红蛋白的指标恢复了。是什么原因导致失血呢？这也是我想知道的。

范玉珍医生开了个便条，我如获至宝，像抓住了救命稻草，去找妇科的××医生。她看了一眼我们的B超报告：子宫肌瘤3.7mm×2.2mm，严肃地说："要根治贫血问题，老年科出院后，立即转我们妇科，进行子宫切除手术。"望着来来往往的行人，拍片的、推床的、坐轮椅的，确实令人惆怅，亢丽的精神状态依旧不好。

躺在床上，已经没有以前有力气了。

六月二十六日

亢丽依旧头疼头晕，但我们出院了，因为儿子一郎从郑州回来，我们不想让他看到家庭颓废的一面。听说儿子回来，亢丽的精神好了许多。或许，儿子真是一剂良药。

六月二十七日

这几天，亢丽又摔跤了。一不留神，跌跌撞撞摔坐在厕所里。

一大早，我们送一郎去谷城高铁站，去武汉。他自己应聘了一家设计公司。不管怎样，我们都要鼓励他的。亢丽坐在后排，头靠在我的肩上。有时，她甚至头都不听使唤。我让侄儿小聪先到中心医院急诊挂号。当车到谷城庙滩街头，亢丽受不了颠簸吐了。

襄阳中心医院核酸检测是严格的。无论是何种病情，为了大众的安全，该有的检测必须有。我拖着亢丽去做核酸检测，然后来到脑外科。

男医生很年轻。"片子，反映没问题。得找妇科。"

我扶着亢丽坐在走廊上。

一个妇科的女医生来了。进屋，出来，抬头一扫视，发现了我们。"不到五厘米，不能手术。"我说："我们能先住院吗？""你们找内科。"

女医生不管不顾地走了。我找谁呢？靳以强电话不接，他在东津院区。我只有去找外科的男医生。亢丽实在坐不住了，她瘫在我身上。

外科医生瞄了一眼说："实在没办法，我先帮你联系内科吧。"

内科没有床位，我们只有等。四点钟、五点钟、六点钟，亢丽太累了，她有气无力地说："我不坐了，要到床上去。"是的，搁在平时，她一定要休息好的。我说："等住院办好了，我们就躺到床上，好不好。"亢丽没有吱声，她像散了架的人。我只有让她在急诊室的病床上躺一会儿。

六点四十八分，我们逃难似的到了内科大楼一楼。一股湿气扑鼻而来，我顾不了那么多，只盼望着赶紧治疗。我和护士把亢丽抱上了五十二号床。

未几，一个叫肖连臣的医生来了。他望着纹丝不动的患者，"感觉怎么样？"我急切地说："我们两点钟到的医院，核酸检测一直到六点四十八分，她太累了。""亢丽，你说。"没有声音，她的手臂像一根无力的树枝，从床褥上垂了下来。我连忙解释她的病情。"没让你说。"医生打断了我的话。

"亢丽，你不说话，我只有让你上重症监护室了。"

亢丽仍没有任何回音。或许她太累了。不一会儿，来了三四个人，把亢丽抬上检查床，送到监护室。

大门一关，一个穿着淡蓝色衣服的护工说："你去护士站办个手牌。"我刚到护士站，那女护工又说："毛巾、肥皂、脸盆、饭盒，都得买。"我不知道亢丽的情况怎么样，只有在重症监护室门口徘徊，盯着猴屁股似的三个字"重症室"。门口有一个牌子，上边卡着卡片，是用车电话。牌子下是一个小桌，桌面上放着饭盒。几个家属都守在门口，个个是焦虑的眼神。

我担心亢丽摔跤，担心她饿着，逮着一个护士出来，我就抢前说："她两个小时解一次小手。不然，会摔跤的。"

那护士头也不回："小便在床上，不会摔跤。"

旁边一个东津的中年妇女说："患者都有专人看护，不会有问题的。"过了一会儿，我又去敲门："亢丽没有吃晚餐，请把旺旺饼拿去，看她吃不吃。"

护士同意了。

七点三十八分，肖连臣医生下班了。一番折腾，我在五十二号床上打起盹儿来。

"咦，你是谁？怎么在这儿？"

"我是五十二床家属。"

"什么家属，五十二床在监护室。"

"那我们从监护室出来怎么办？"

"出来后另有安排。这床有病人住了。"

我只好拿着一堆东西流落到走廊上，走廊湿气很重，好在有几把长椅。我知道，最佳的去处是监护室门口。护士喊"五十二床家属"，随叫随到。我靠在长椅上，把闹钟调到六点半，早上七点钟，是送饭时间。

六月二十八日

重症监护室像走马灯，走的走，来的来。120救护车不断将中风者转往东津院区理疗。肖医生查房后对我说："你爱人的精神状态恢复了，可以出监护室。"接着又说，"可她不想出来，说外面太吵。"肖医生挺上心，"等有人出院了，给你们安排一个安静的地方。"

这时，走过来一个护士。"亢丽家属吗？""是的。"我知道这护士得罪不起。"你赶快去办医保手续。下午四点半前办好。不办，会停止治疗。要么，全费自理。""好好好。"我像一只提线木偶，提一下，动一下。

我去取号跑手续，亢丽已送到四十三床。这是三人房间的病房，有一男一女。男的，七十有余，山野莽汉。爱听戏，瞅着医生不在，就是小广播，鹦哥小唱。女的，约有七十五，像是与疾病搏斗了几十年的人。细声慢语，恍若祥林嫂捡回一条命，絮絮叨叨："医生让老汉儿把我拉回去。"咳了一口痰，"庄子上，老中医开副中药喝，我就好了，怪不怪"。

"安静一点，好不好？"这是十个小时，亢丽说的第一句话。里间的没听清，仍唱《四郎探母》："大不该，儿打伤人，把大祸闯下。""祥林嫂"也说："娘娃儿年轻，别担心哟。"亢丽只有紧闭着双眼。

量血压、查血，一番操作后，肖连臣医生说："血压没有问题，不再是重度贫血。"然后若有所思地说，"还是脑袋的问题。今天上午你去做三个检查。一是到门诊五楼，进行心理诊疗，看有没有精神紊乱。二是做一次脑电图，看有没有癫痫放电。三是做一个腰椎穿刺，看有没有病毒性感染。"

预约、排队，人山人海的医院，恍若一个菜市场。下午四点，正准备去做脑电图，一个女医生来做腰椎穿刺。"腿蜷起来，腿蜷起来！"亢丽有气无力地佝偻着头。那医生拿一根一米长的钢针，从椎尾处，硬生生地插进椎骨里，我不知道那是怎样的一种疼！亢丽没有声息，比我的忍性更大。神志模糊中，亢丽有些央求地说："穿衣服，我们回去吧。"来了就是治病的，不可能半途而废。那医生又面无表情地说："六个小时，静躺。"

遭罪。亢丽又昏昏沉沉地睡去。

六月二十九日

早上，我喂她鸡蛋，发现昨天的饭还包在嘴里，叫不醒，喊不应，手脚放什么样就是什么样子。

肖医生说："穿刺没有问题。"

那她身体到底出了什么状况？

我十分懊恼。真不知道该不该送她到襄阳中心医院。2009年，我们从天坛医院回来，就住的这家医院，开始也说胡话，但经过一个星期的治疗，就恢复了。尽管有人介绍说，肖连臣医生是博士，他推断亢丽得了违拗症。我问他，是怎样的一种症状？他说，就是对治疗有抵触情绪。我质疑他的判断，可又有什么办法呢？

不能进食，是个大问题。

下午五点十分，几个小护士又把亢丽推进了重症监护室。

监护，监护。就是至少还活着。我只有把情绪发泄在洗衣服中，洗了一次，再洗一次，洗去业障，洗去晦气。该怎么鼓励她呢？为儿子，为家庭。又是一个不眠之夜，邻床王士华的老公照例打开电视，欢声笑语，热闹非凡。

七月六日

每天打着蛋白乳。

什么是器质性精神阻碍？这就是望闻问切吗？亢丽已不吃不喝三天了。每天的查房，"亢丽，亢丽，怎么样？"无论谁都喊不应她。肖医生甚至问我："你们吵过嘴没有？"尽管如此，医生依旧说："情况还好。各项指标正常。"

上午九点，脑外科、内科、血液科、妇科，不断地有医生来会诊。大家得出一个结论：她有过脑肿瘤，得再一次复查。我似乎又听到肖医生那句话："亢丽，好好的啊！你的各项指标正常。你要好好与老公沟通，他这几天累的。恢复起来，早点回家。"肖医生说，"你们先做脑核磁共振""一会儿，我带去做脑电图"。或许是医生带队的缘故，检查结果很快出来了。报告显示：脑积水仍然很多，脑间质水肿。面对这种情况，一楼的内科主任闻红斌说："这不是什么违拗症，是急性脑梗。"肖医生也紧张了。

于是，常丽英主任也再一次地询问病情。

我问闻主任："这种情况怎么办？"

闻主任说："我建议转武汉，在襄阳治疗，我们不能确保预后。"

我脑袋嗡嗡地响。八天的治疗，得出一个急性脑梗。

等不得。晚上八点半，经过仓促准备，我们又开始新一轮的逃难之旅。核酸检测、转院、签字、付款，120救护车一路奔波，划破这沉重的夜空，我们像飞蛾扑火一般，企图涅槃自己的人生。四个小时后，车停在了一个空旷的广场上。这里是蔡甸的同济医院中法院区。急诊车进了大厅，护士们赶紧涌了上来，输液的输液，查片的查片。我没有见到潘邓记教授，也没有见到黄艳珠护士长。一个年轻的值班女医生看了看片子说："梗阻，十年前就有了，什么反应？还是脑积水的问题。"又电话接通潘教授，"片子看了，是脑积水的问题，先看脑室腹腔分流的管子通不通。"又是一通电话，外科的胡医生来了。"我们先收了，估计要换管子。"

早上，安安静静。说来也怪，经过十个小时的输液，像做了一场梦，亢丽竟然醒了。她微微睁开眼，看见我在床边，抓住我的手，嘴角一翘，笑了笑，却说不出话来。我似乎看到了希望，握紧她的手说："加油！"

七月七日

神经外科在 C 区七楼，门口一个肥胖的保安，戴红袖箍，像钟馗一样喊号。

查核酸，验身份。

"咣当。"铁门关了。

"进来了，就不能出去。"我一阵蒙圈。钱、物、手续，我都没有准备。

保安黑着脸："不能出去，准备好钱就行。"

亢丽又在昏睡中进了监护室。只听见值班护士喊："患者昏迷几天了，董彦彦上监护。"换床的、褪衣的、查体的，一拥而上，我像一个局外人。保安来了。"亢丽二十九床，家属五十四床",说着让我拎一堆物件去一个房间。五十四床,是紧靠墙的位置。这时,人很懵懂,五十四床是一个符号,是一块空地。我问:"睡觉怎么办?""租床。"

门外喊:"亢丽家属,来核酸登记。""不是查了嘛。""这是履行手续。"那就登记吧。"好,没事了,你去吧。"门外又喊:"亢丽家属,洗漱用品都有吗,可以网上购买。"护士站又喊,"住院通知你知道吗?陈旧性疾病,喝什么药了?""她做过脑室腹腔分流,应该是消炎药。""没有过敏吗?""没有。"护士也不看只顾写。这是在为患者建档。见到五十四床,护士又喊:"亢丽家属,预交住院费八万元。""不是已交了住院费三千吗?我们有医保。""先交。明天手术后据实结算。"事后我才知道,这家医院是专家医院,好多患者想住都住不进来。费用,自然贵。可惜,我手头只有三万元。电话拆借。门外又喊:"亢丽家属,去做心电图。""我们不是在门诊做了吗?""我们这里必须再做,确保手术。"于是我和护工推着床车,七楼、三楼、一楼,上上下下,跑了个遍。这时才发现,医院的患者是如此之多。人们都在生命线上奔走,不知是谁会从这条线上掉下去。

人未站定,护士再喊:"有漱口水没?所有的盆具都可到医院超市买。"那就买吧。她们感受到我的疲惫,也就不再使唤。我坐在五十四床的地上,才发现,这病室住有一对十堰母女,一对蔡甸母女。一男四女同住一室,颇为尴尬。

七月八日

九点半的样子,胡峰医生来电话说:"到专家门诊见舒凯教授。"

二楼的长廊，坐满了排队的人。大医院就是这样，一个专家，带一个治疗团队。当挂号的人越走越少时，舒教授让我进了他的办公室。他说，"她的管子是好的，不必换了""像这种病情，我们是不会做伽玛刀的""伽玛刀会对大脑造成永久性损伤，未来会越来越差""脑梗会越来越严重，生命期估计就是个半年"。医生的话，不可不信，不可全信。刚才激发的信心，又一下受到了创伤。我不愿面对，怎么去面对生死，我没有准备好。舒教授再说什么，我都似听非听，充耳不闻。

恍恍惚惚回到病房，亢丽已从监护室转到普通病房三十三床。护士很焦虑地说："她把胃管拔了。"胡峰问："舒凯主任怎么说？"我慎重地说："他讲住外科，一是看分流管；二是肿瘤。目前，分流管是通的，脑积水是肿瘤压迫导水管形成的，状态不容乐观。"胡峰说："是的。本来要做分流手术，舒主任一查房，管子是通的，外科做手术意义不大。没有必要花那个钱。"我曾以为伽玛刀造成的脑损伤不是很严重，不想医生的判断是如此决绝。

接着，胡医生说："病情稳定后，我协调内科，转过去再治疗。"显然，他是知道脑干梗阻的。做脱水治疗，也不过是治标不治本。脑干梗死，到底是怎样一种魔怔？

三十三床有两个病友，一个是动脉瘤，从大腿根部做了手术；一个是垂体瘤，从鼻腔做了手术。他们恢复尚可，唯有我们插着胃管、吸着氧，看不到希望。转内科的事，很纠结，没有一个熟人，谁会在意你的鸡毛蒜皮。

唉！求人不易。

七月九日

八点半，一个戴眼镜的女医生来到病房。

"叫亢丽吗？""嗯。""哪里人？""湖北老河口。""能饮食吗？吃点流食。"

得到稳定的答案，她说："收拾一下。下午转内科。"

十点四十分，又一次核磁共振，比预想的要好。几乎看不到脑梗，脑积水也小了。拿片的医生说，一天一个样，按泵，或许有一点作用。

六个小时后，护工来。我们收拾行囊，去治疗脑梗。内科的护士要热情许多，她们叽叽喳喳："就是那天晚上昏迷的人。""现在的状态要好一些哟。"

我知道，可以见到潘邓记教授了。任何梗阻，都是经络不通。我想潘教授或许有他的办法。

人，一定时候，一定要对自己抱有信心。望着亢丽插着的胃管，我想，一切总会好起来的。我按顿给她喝了牛奶，胃口不错。

医生说，隔天去胃管吧。心脏不好，得检查一下。我说，好的。

一场新的战斗，又打响了。

七月十日

本是一个安静的傍晚，一个电话，打断了这片刻的宁静。

"谁让你借他五万元，是你当家，还是我当家！"当下，帮助你是人情，不帮助你是本分。但感情不是做生意。拿金钱衡量感情，我不知道这感情还需不需要维持。人过五十，这样的感情我宁愿退出。

偏偏这时，一郎打来电话。他找好租住的房屋了。一个小单间，八平方，小床小柜一应俱全。需交三个月租金。我犹豫了一分钟，孩子不易，我转过去三千元。

天幕降了下来，我想把钱退还给他们。我静静地在走廊徘徊。有人说，借钱，救急不救难。或许能给自己找个理由。算了吧，我把钱都退了回去，本不应该向人家借钱的。退还了钱，我一阵轻松。听着监护器的声音，听着生命时针的跳动，本能有了愉悦。

人活一世，至善至真至诚就好。

"啪"一丝灯光。

是护士查房。"停电了吗？"亢丽说着胡话，"不知是不是梦，刚才有人绑我。"我搜索了一通病房，没有一人。亢丽绑着束手拍。我说，估计是护士吧。亢丽说："那她不对呀，她怎么跑到人家屋里，给人家绑起来，对不对？""怕你拔胃管。"我说。"哎，难受，解开。"我看了一下时间，是凌晨四点十八分。我帮她解了束手拍，她十分高兴，"有人打呼噜，咋睡得着？"亢丽的眼睛很灵动，我想这会儿是她最惬意的时光。无人干扰，安静，悠闲。

只可惜过了半个小时，护士发现了我们的敌情。"你怎么总是拔胃管呢？胃管得医生评估后才能拔，自己不能拔啊。"说着，又把她的手绑了起来。

愤懑。亢丽侧过身，没说一句话。

七月十二日

上午，患心脏病的婆婆出院了。医生多次让她吸氧，她不吸，说我好好的，能吃能睡，吸什么氧。临走时，药品和用具扔了一桌，什么都不要，似乎要逃离此地。她的心跳每分钟九十八次以上，相当危险，不知怎么扛过去。护工无奈地说，她儿子已在医院门口了。

亢丽说："做了一个梦，找不到回家的路。"我说："没有钥匙，妈家有备用的。"她接着说："最后找到丁卫，找到你，才一起回的家。"我知道，她是担心，遂说："我不是在你身边吗？梦嘛，总是什么事都不遂人愿，让人发慌。你做回不了家的梦，我做高考找不到试卷的梦。"梦，就像生活，也有一时的荒唐。

有出去的，也总有进来的。

天渐渐暗了下来。又进来一位脑出血患者，从口齿不清的言语中判断，他是一个性格倔强的人。医生做入院评估说："你把右腿抬一下。""我抬不起来。""早告诉你了，你把我当傻子。"满口的武汉口音，医生没听明白，问道："讲什么？"患者的儿子解释说："他说你把他当傻子。"医生的评估在争执中落幕。

医患就是这样，患者焦虑，医生淡然。或许，他们生老病死见得太多了。

七月十三日

八点零四分，潘邓记教授来了，清瘦的面容。他是内科主任，有自己的团队，被一群女医生簇拥着，对亢丽的脑电图和心脏监护提出分析，寻找发病原因。

探讨中，他取出一只竹片，挠了亢丽的一个脚板，脚趾便跷了起来。他说："中枢神经在脚上有反应，还是有一些问题。"女医生边听边记，耐心十足。

黄艳珠护士长是一个脸庞圆圆的女子，气度温和。了解了一下亢丽的情况后说："病人可以吃东西，但是有点呛，还是先别拔胃管。"七月六日，打扰了人家一个晚上，便将杨绛先生的《我们仨》送给她，以表谢意。

一个监护室，一下子涌进六个病号，十二口人，一下子热闹起来。东床那个经常做康复锻炼的母女要出院了。目光随着车轮转动，母亲与病友打招呼："都早日康复哇！"病友们附和："康复，康复。"母女俩走后，大家纷纷遗憾，尿毒症难缠哟，她爸爸就是尿毒症走的，姑娘竟摊上这事。

叹息声中，对面床上，一个"80后"小伙像蚯蚓一样往床头蠕动，嘴里叨念"一、二"，手高举胸前，又举过头顶。一"90后"小媳妇给我看她的病历，"脑血管狭窄"，医生说血压稳定，可以出院了。我知道，现在病床紧张，没有大的问题，医生都建议出院休养。

这时，又入住新的病友。病人躺在床上，一脸无助的眼神。妻子陪护，一身红衫麻裙，出出进进，像搬家一样。脚步声、柜门声、倒水声、搓洗声，夹杂在一起，把人心的浮躁搅得一片升腾。

亢丽悄声问我："家里来这么多客，我怎么不认识？"

我不想回答，应付说："客？这是在医院病房。"

亢丽又说："不是说，一会儿去我妈家吗？我们走，这人太多。"

"等我们出院了再去。"我只有劝解道。

"80后"小伙的媳妇胖乎乎的，又喊老公："李从群，翻身吧。"小伙子脾气暴躁："翻个屁，老子刚睡着。"胖媳妇仍絮叨征询："明早上，我们喝稀饭哟。"小伙子似乎忘却了烦恼："买点小米粥。"护士来查血糖。"八点八，不要喝稀饭，不要吃甜食。"

亢丽一个翻身，无意识地扯掉氧气管和指压仪。护士顺手把氧气戴上，把指压仪夹在她的拇指上："监测是帮助恢复的，不要扯掉了。"

"轰"，抽水马桶声。厕所门开了，红衫麻裙出来，胖媳妇又去倒尿壶。走廊上，保安喊："收衣服喽，收衣服。"

晚上，病房里，水声碰撞声脚步声，声声入耳，可经过一天的折腾，人们却不愿再多说一句话。

七月十四日

今天，试一下亢丽的记忆力。

我们背《悯农》，唐·李绅，"春种一粒粟，秋收万颗子；四海无闲田，农夫犹饿死"。

读过后，我问亢丽："种这么多田，收这么多粮食，粮食都到哪儿了？"亢丽问："到哪儿了？"我说："无非是养了皇族、官宦，农民可怜。"

再背一遍。亢丽背："春种一粒粟，夏天犹饿死。"我苦笑："夏天，饿死？"亢丽说："咋了？是不是春夏之交，青黄不接，农民没粮吃。"好像也有道理。一个是税赋重，一个是季节时令，一字之差，谬以千里。

亢丽无聊，拿起手机，嘟囔："什么时候出院？"

是的。来武汉已八天了，什么时候是个头。我说："你配合治疗，就很快回去。"

"我还不配合？"

"你晚上要休息，白天不要睡觉，就是配合。"

"我晚上清醒，就自由一些，像孙悟空。孙悟空当弼马温，就自由自在。跟了唐僧，就有了紧箍咒，不自由了。"

"这是歪理。人人都是白天工作，晚上休息，这是一个规律，你得随大众。"

"嗯。我好热，有扇子吗？"

"我拿药盒扇。"

吃饭时，亢丽像一棵摇动的树，在颤抖。我不知道，一棵摇动的树是不是更有生命力。她说要坐起来，头却垂在胸前，往后靠却又似要躺下。她的生命时钟，像没有了发条，在肆意地打转。

七月十五日

她的腿软得像面条，很难迈开脚步；头颈，永远挺得像要倒下去。我只有搂腰抱着她上厕所。大便干结，吃水果、开塞露，都无济于事。她恍恍惚惚又歪到床上。

黑夜里，只有轻微的鼾声。我伏在床上打盹儿，猛然间，看到枕头上似乎有鲜艳的色泽，一摸黏糊糊的，是血？打开灯。亢丽的手臂上沾满了血液，有的已经干涸。她拔了针管。拔胃管，拔钢针，未来还可能拔尿管。她不愿疾病缠身，不愿有任何枷锁。

没有办法，还是人工通了便。大便解了，但她却发起烧来，三十九摄氏度。只有冰敷，不行再打退烧针。

一副眼镜，衣着朴素的九七年小姑娘来了，她是我们的管床医生。她问："会诊，有几个项目，你们查不查？血红蛋白低，找血液科；结肠，找消化科；子宫肌瘤，找妇科。"我理解医生的建议，说："只要有利于恢复，检查。"我只想知道，重度贫血是怎么造成的？脑梗是供血不足造成的吗？有什么好的解决办法呢？

下午两点十分，三十七度六，亢丽退烧了。

护士说："可能是肺部感染，吃饭呛着了。"

病床上，亢丽昏昏地睡着了。心跳一分钟九十四次，从一百三上下来了。

七月十六日

又是周五。

经过一天的折腾，退烧了。洗漱后，我们决定进行康复锻炼。第一步，坐立；第二步，站立；第三步，走动。逐步恢复身体的平衡感。这是亢丽入住同济医院以来，第一次走在走廊上，像跨越了一个世纪的时光隧道。我鼓励亢丽："别人都是六七十岁，你却只有四十多，恢复得快。"她却走不了几步。哀声怨气地说："我都像一个七老八十的人。"

椅子很凉，我感觉它能吸去一切恶疾。付小静、亢国富打电话慰问。护士催款，我便用手机银行转款。病房广播里说："今天开始查房，请戴好口罩，请回房间，不要在走廊上逗留。"

人们像一只只疲倦的鸟儿，各自归巢。电视里放着同济的专题片："我是医生，究其一生，致其所爱。"这使我真正感受到同济人的博爱。

护士又来催款。我告诉她，转款了。她无奈地说："卡上无钱。怎么办？对公转账需要三五天。"

结算中心的小伙子告诉我："钱是到医院的账上，只是支票未到。我帮你催催。"

有病友说："有医保，结算系统该完善，实行一卡通。"

七月十七日

CT 室门口挤满了人，熙熙攘攘，好几位患者都拿着一瓶矿泉水，不停地喝。

"梁福前，憋尿。"CT 室里伸出个头。

瞬间，走出一个白大褂，"打增强的呢？"

扫视一周，无人应答。候诊的人们只顾喝着自己的水。这场面似乎比吃食堂壮观。

这时，人群中一阵骚动，一个推床挤进了人群。随行的是一位沙弥和一位尼姑，一色的灰色僧袍，各背黑色背包。或许病床上躺着的人是他们的师父。人吃五谷杂粮，无论你是德高望重的高僧，还是闻名遐迩的道士，都脱离不了疾病的苦海。

但愿师父安康。

三十五床的女儿高兴地说："妈妈，明天我们就可以出院了。"

亢丽依旧很弱，走不动路。

余颢大夫说："脑积水与原来变化不大，脑梗，原来是两个细胞干活，现在只有一个细胞干活。待病情稳定后，可以考虑回家休养。"

总以为，疾病能够连根拔出，但事实是，病走如抽丝。三十五床的阿姨说："医院治病，都是缓解病情，好多病，是三分治七分养。病是养好的。"

胡峰医生说："若有问题，可挂舒凯教授的门诊。"

我心里释然。大自然的造化，我们一定能够扛过去。亢丽能吃能睡，意识逐步恢复，主要是手脚协调性不够，反应有些迟缓。可能是因为病情，也可能是心情。

阿姨接到电话，有人要来看她，她说："不晓得来，不晓得来。"一派汉腔汉调，"不能进来，木得法。"武汉人说话有个特点，说第二个字时，声调提高八度。

七月十九日

天气晴朗，窗外明亮。

潘教授来时，我在洗脸间洗碗，亢丽坐在床头柜前。

潘教授笑着说："来时昏迷，现在已恢复得不错了。"又接着说，"你起来，走走看。"我扶着亢丽站起来。腿还是显得很吃力，但是能够挪动。见此状况，教授说："不错，可以考虑回去休养。""就是力量还很弱。"我质疑。教授很淡然："一个人，她的生活习惯和状态都改变了，要恢复到原来的状况，得需要时间。"

几个医生不住点头。

三十五床的阿姨却突发状态，心律不齐，母女俩要转心内科，护士来做核酸检测。看着她们忙碌的身影，我不住地遗憾，却不知道怎么安慰这对母女。

本来，可以回老河口了，亢丽却说："我头疼，偏头疼，昨天晚上疼了一次。"吃过午饭，又说，"好像有点发烧。"

我央求值班医生，再一次给她做 CT。情况尚好。是不是病人心理都是这样，住院了想出院，出院了却又担心病未曾医好。没有完全康复，像一树阴影笼罩着我们的心头。

七月二十二日

今天，岳母说头晕，不能来照顾了。

亢丽依然不能独立行走。家里自由自在多了，我买了小黄鱼炖汤，给亢丽补充营养。她大汗淋漓。是紧张吗？是头疼吗？是焦虑吗？她问我："出汗是好事是坏事？"我肯定地说："好事，清热排毒。你就是身子骨虚，补补就好了。"

晚上，亢丽又是满头大汗。我向朋友李作贵医生咨询，他说："可以服些都梁软胶囊，阿托伐他汀钙片，尼麦角林。药也不能服太多，多了就吃不了饭。"

我说，他本来可以做心理咨询师，投医误入行。"要不了命的。有药治，静养。"他回复得那么自信。一连几天，亢丽吃喝拉撒逐渐正常，情绪稳定、病情稳定、生活稳定了。

现在，她一如昨天，我们可以散步，生活又回到了从前。有人要问我，幸福是什么？我要说，没有疾病是幸福的。因为没有疾病，我们才活得有尊严。有人要问我，患者是怎么恢复的？我要说，保持健康的心态，科学的治疗，规律的生活。